Alice chez le grand couturier

Caroline Quine

Alice chez le grand couturier

Traduction
Lisa Rosenbaum

Illustrations
Marguerite Sauvage

HACHETTE
Jeunesse

Alice

Jeune détective de choc, extrêmement perspicace et courageuse pour ses dix-huit ans. Au volant de son cabriolet, elle se lance dans des enquêtes toujours trépidantes... quitte à affronter des adversaires aussi malhonnêtes que dangereux !

Marion

Le garçon manqué de la bande. Avec Bess, c'est la meilleure amie d'Alice... Grande sportive, elle a le goût de l'aventure, et ne dit jamais non à une bonne enquête !

Bess

C'est la cousine de Marion. Gourmande, coquette et aussi un peu timorée, elle finit cependant toujours par suivre ses amies dans les aventures les plus risquées...

James Roy

Le père d'Alice.
Ce célèbre avocat prête souvent main-forte à sa fille dans ses enquêtes… quand ce n'est pas Alice qui l'aide à résoudre les énigmes les plus ardues !

Ned

Lorsqu'il n'est pas retenu par ses épreuves sportives ou par ses cours à l'université, ce beau jeune homme aide les trois amies à résoudre les mystères les plus ténébreux… pour le plus grand plaisir d'Alice !

L'ÉDITION ORIGINALE DE CE ROMAN A PARU
EN LANGUE ANGLAISE CHEZ WANDERER BOOK (SIMON & SCHUSTER),
NEW YORK, SOUS LE TITRE :

THE TWIN DILEMMA

Traduction revue par Rosalind Elland-Goldsmith.

Hachette Livre, 43, quai de Grenelle, 75015 Paris.

chapitre 1

Un mannequin disparaît

— Alice ! s'exclame joyeusement Cécile Roy en ouvrant la porte de son appartement. Je suis tellement contente que tu sois ici !

— Moi aussi ! Je suis ravie de te voir, tante Cécile. Et je ne suis pas la seule !

Elle montre ses amies Bess Taylor et Marion Webb qui traînent de gros sacs de voyage le long du couloir.

— Mais c'est un vrai déménagement ! plaisante sa tante quand les filles posent les bagages dans l'entrée. Vous avez prévu de vous installer définitivement à New York ?

— C'est vrai, on a vu large... reconnaît Bess. Des vêtements chauds, des baskets, des robes, des chaussures à talons... au moins, on est prêtes pour n'importe quelle situation !

— Y compris pour le service que je voudrais vous demander, j'espère... Ça concerne un mannequin.

Remarquant la surprise de sa nièce, une lueur malicieuse éclaire son regard noisette. Alice est la fille de son frère James Roy, un avocat bien connu à River City. Alice a souvent aidé son père à résoudre des affaires compliquées et s'est fait une belle réputation de détective.

Bess et Marion sont, elles aussi, très étonnées.

— Je croyais qu'on était ici pour voir un défilé de haute couture ! s'écrie Bess en repoussant une mèche de cheveux derrière son oreille.

— L'énigme du mannequin a un rapport avec ce gala ? questionne Marion.

Contrairement à sa cousine Bess, une petite blonde coquette, elle est svelte et coiffée à la garçonne.

— Oui, acquiesce Cécile Roy. Je vous ai dit que je m'occupais de l'organisation d'un défilé de mode au profit d'une œuvre de charité. L'argent qu'on récoltera servira à soigner des enfants malades en Afrique. Mais voilà, une de nos top models a disparu. Elle n'est pas venue à la répétition aujourd'hui et n'est pas chez elle. Personne ne sait où elle est passée. Elle s'appelle Jackie Henry. Vous avez peut-être entendu parler d'elle ?

— Jackie Henry ? Oh ! Elle est tellement belle ! s'exclame Bess. Elle est mince comme un fil. Ses cheveux noirs, ses yeux violets... elle est superbe ! J'ai souvent vu sa photo sur la couverture de magazines de mode !

— J'avais l'intention de vous la présenter ce soir.

— J'imagine que tu veux qu'on la cherche... Et si on ne la trouve pas avant le défilé ? demande Alice.

— Ça sera la catastrophe, non ? ajoute Marion.

— Non, réplique Mlle Roy. Alice, je voudrais que tu remplaces Jackie.

— Moi ? Mais... je n'en suis pas capable !

— Bien sûr que si ! la contredit Bess. Tu as déjà présenté des vêtements.

— Oui, mais c'était pour une vente de charité à River City ! De toute façon, je ne rentrerai jamais dans les robes de Jackie ! Elle doit être plus mince que moi et on n'a ni le même teint ni la même couleur de cheveux.

— Pas tellement plus mince, juge Cécile Roy en reculant pour examiner sa nièce. Et tes cheveux blonds iront très bien aussi. Tu verras.

— Et Jackie dans tout ça ?

Sa tante prend un air soucieux.

— Je ne sais pas. Marjorie Tyson, qui organise le gala de charité avec moi, a essayé de la contacter par tous les moyens.

— Il lui est peut-être arrivé quelque chose, avance Bess.

— Ne vous occupez pas de ce problème avant la présentation, les filles, dit Mlle Roy. J'attends plus de cinq cents spectateurs. Je ne peux pas les décevoir en annulant tout à la dernière minute !

Le défilé de mannequins n'a lieu que plusieurs heures plus tard, mais les visiteuses font un brin de toilette et se changent. Mlle Roy passe divers coups de fil. Quand elle raccroche enfin, elle pousse un soupir de satisfaction.

— Tout est arrangé. On doit se rendre à l'hôtel le plus tôt possible, annonce-t-elle en passant la tête par la porte de la chambre des filles. C'est là qu'a lieu le défilé. M. Reese est...

— Richard Reese ! le célèbre couturier ? l'interrompt Bess.

— Oui. Il veut te voir pour un essayage, Alice.

— Je suis presque prête, répond la détective en tirant nerveusement sur la fermeture Éclair d'une longue robe vert émeraude.

— Très jolie, ta tenue, ma chérie, déclare sa tante, mais au lieu de la mettre dès maintenant, tu pourrais l'emporter et te changer après la présentation des modèles.

— Bonne idée.

Bess puis Marion s'aident à fermer les minuscules attaches de leurs robes de soirée.

— Une vraie tortue, cette Alice ! dit Marion, taquine, alors que son amie change de nouveau d'habits, et enlève ses chaussures à talons pour enfiler des ballerines.

Ensuite, elle met ses vêtements du soir dans un sac et rejoint les autres dans le salon. En la voyant, Bess pouffe de rire.

— Quoi ? demande la détective.

Marion s'approche et lui prend une pince avec laquelle elle a essayé d'arranger une boucle rebelle et qu'elle a oubliée dans ses cheveux ondulés.

— La coiffeuse te fera un beau chignon, assure Mlle Roy alors qu'elles quittent l'appartement. Vite, le taxi nous attend !

Les filles ne parlent plus du mannequin pendant un moment. Le taxi traverse d'immenses avenues bordées de tours.

— Regardez ! dit Cécile Roy. Au loin, on voit l'Empire State Building. C'est l'immeuble le plus haut de New York. Et le plus vieux gratte-ciel : il a été inauguré en 1931 ! Et là, à droite, c'est la bibliothèque municipale. Beau bâtiment, non ? Vous avez vu ces deux lions en pierre qui gardent l'entrée ? On les surnomme « Courage » et « Patience ».

Quand elles traversent la 5e Avenue pour se diriger vers le Centre Rockefeller, leur taxi s'arrête quelques instants pour laisser deux limousines entrer dans le flot de la circulation. Cela permet à Alice d'observer la foule qui regarde les patineurs sur la piste en dessous. Ils glissent au rythme d'un air à la mode.

Quand le taxi redémarre, Alice et Bess, qui se trouvent le plus près de la vitre, remarquent une jolie jeune femme parmi les piétons de la 5e Avenue. Elle porte un manteau de léopard. Bess reconnaît tout de suite son épaisse chevelure noir d'ébène.

— Mais c'est Jackie Henry ! s'écrie-t-elle.

La top model se hâte vers le coin de la rue qu'elles viennent de dépasser.

— Tu es sûre ? demande Alice.

Aussitôt, Mlle Roy, qui est coincée entre les filles, tend la main vers la poignée de la portière en disant au chauffeur :

— Arrêtez, s'il vous plaît !

Puis voyant Jackie monter dans un taxi, elle annule son ordre.

— De toute façon, on ne la rattraperait pas, conclut-elle.

— Elle vit dans ce quartier ? questionne sa nièce.

— De l'autre côté du Centre Rockefeller, près de Broadway, je crois. Elle a peut-être eu du mal à trouver un taxi là-bas et a décidé de venir en chercher un ici.

— Maintenant, au moins, on sait qu'elle n'a pas disparu, observe Marion.

— Tante Cécile, tu m'as dit que vous aviez essayé de la joindre toute la journée. Quelqu'un s'est rendu à son appartement ?

— Je ne crois pas. On était tous si occupés dans les salons de l'hôtel !

— Et vous avez laissé un message sur son répondeur ?

— Non. Mais elle n'a pas appelé non plus !

— Bizarre, en effet... murmure Alice.

Ensuite, les filles restent silencieuses jusqu'à leur arrivée à l'hôtel. Le dernier rayon de soleil a maintenant disparu. Quand les amies sortent du taxi, la lumière du jour n'effleure plus que les gratte-ciel. Elles sourient au portier qui se tient sous un dais doré.

Cécile Roy en tête, elles pénètrent dans un hall luxueux. Elles passent devant des canapés de velours et entrent dans une pièce voisine de la salle de restaurant. Elle est pleine de vêtements accrochés sur des cintres.

— J'ai hâte de voir la nouvelle collection ! s'exclame Bess. Tu sais quels habits tu porteras, Alice ?

Sur la tringle marquée REESE, Marion remarque une robe vert turquoise.

— Celle-là, peut-être ?

— Non, répond Cécile Roy. À cause du changement de mannequins, M. Reese a dû modifier sa sélection. Suivez-moi !

— Et si Jackie revient à temps ? demande Alice.

— Tant pis pour elle ! tranche sa tante. On ne va pas tout changer de nouveau à la dernière minute !

Elle traverse la pièce et présente les filles à Marjorie Tyson, une petite femme au visage mince et souriant encadré de cheveux gris coupés court.

— Je suis soulagée que tu sois ici, Alice ! s'écrie-t-elle. Quand je pense que Jackie nous a lâchés à quelques heures du défilé, je...

— On l'a vue près du Centre Rockefeller, l'interrompt Marion.

— Quoi ? Eh bien, maintenant, c'est trop tard ! Les robes que tu porteras sont à côté, Alice. Bess et Marion, attendez ici pendant que j'emmène votre copine dans la cabine. Il y a une banquette là-bas dans le coin.

Marjorie s'approche de la tringle à vêtements. Elle pousse un cri.

— Mais, où sont les autres modèles ? Il n'en reste que quelques-uns !

Soudain, un homme en pull à col roulé et en jean surgit de derrière un paravent, portant un carton vide qu'il jette par terre en grimaçant de fureur.

— Voilà ! Ils ont disparu ! Ils ont tous disparu ! hurle-t-il.

— Pas tous... ceux-là, ils ne sont pas à vous ? demande Marjorie en pointant l'un des ensembles couleur pastel accrochés à la tringle.

— Ouais, rugit le styliste, c'est tout ce que le voleur a bien voulu me laisser !

Sur ces paroles, il saisit les habits et quitte la pièce, furieux.

— Monsieur Reese ! Qu'est-ce qu'on doit faire ? crie Marjorie. Voici Alice Roy, la remplaçante de Jackie. Elle est prête à...

— Ça m'est égal ! gronde le couturier. Je refuse de participer à ce défilé !

chapitre 2

Drame sur le podium

« Inutile d'essayer d'arrêter le couturier, pense Alice. Il a déjà refusé d'écouter Marjorie Tyson. »

Maintenant, il s'éloigne à grands pas, aveuglé par les manches ballon de la robe d'organdi qu'il serre contre lui

— Laissez-moi passer ! s'égosille-t-il.

Trop tard ! Bess et Marion, qui se sont levées de leur banquette pour parler à Cécile Roy, traversent la pièce à ce moment précis et M. Reese les heurte violemment. Il trébuche et tombe de tout son long dans les vêtements qu'il tient dans ses bras

— Oh ! Monsieur Reese ! crie Marjorie en se précipitant vers lui pour l'aider à se relever.

Cécile Roy et les filles se joignent à elle, mais le couturier refuse leur aide. Bredouillant de colère, il essaie de se remettre debout, mais il glisse sur l'ourlet d'une jupe de satin et se vautre par terre. Les jeunes spectatrices essaient de se retenir de rire, mais le styliste entend Bess pouffer. D'un geste rageur, il jette la jupe de satin sur le côté, dégageant enfin son chemin. Quand il se lève, il regarde Cécile Roy d'un air furieux.

— Je n'aurais jamais dû écouter Sheila, se plaint-il.

— Qui est Sheila ? murmure Marion.

— Sa femme, j'imagine, répond Bess.

Les filles ramassent les vêtements et les raccrochent.

— Non ! Pas là ! proteste M. Reese. Vous ne savez pas lire ?

Sur la pancarte fixée au-dessus du présentoir, on lit : STEINER, le nom d'un autre couturier qui participe au défilé.

— Vous préférez laisser vos modèles par terre ? fait une voix derrière eux.

Une femme brune aux yeux bleus se tient derrière eux. Autour de son cou pendent des rubans colorés, un mètre et des bandeaux de dentelle ; une pelote à épingles est attachée à son poignet.

— Insolente ! vocifère le styliste. Vous êtes renvoyée, Rosalind !

La femme le fixe, puis éclate en sanglots.

— Vous ne pouvez pas nous laisser tomber maintenant, monsieur Reese, insiste Cécile Roy.

— Bien sûr que si !

— Monsieur Reese, intervient Alice d'un ton calme. Je peux peut-être vous aider. Je suis détective.

Le couturier la regarde. Il change complètement d'expression et se met à rire aux éclats.

— Ha ! ha ! Ouais. Et moi, je suis le pape !

— Alice est *vraiment* détective, confirme sa tante.

— Je n'ai pas besoin d'une détective ! Ce qu'il me faut, c'est un gardien pour mes modèles ! Ceux que j'avais sélectionnés pour vous, Alice, ont disparu. On me les a volés !

— Qu'est-ce qui vous permet d'en être si sûr ? demande la jeune fille.

Puis voyant l'irritation sur le visage de son interlocuteur, elle s'empresse d'ajouter :

— Ils ont peut-être été mal rangés ?

— Impossible ! J'ai tout apporté *personnellement* en voiture et je n'ai pas quitté cette pièce jusqu'à il y a une heure, quand j'ai été chercher un sandwich !

Il se détend un peu et observe le visage calme de la détective, curieux de savoir ce qu'elle pense de l'affaire.

— Tout ça, c'était l'idée de ma femme, Sheila, ajoute-t-il. Elle participe pratiquement à tous les galas de charité de New York. Elle m'a demandé si j'accepterais de montrer mes nouvelles créations « printemps-été » avant leur présentation officielle. Je lui ai dit que je choisirais moi-même les modèles pour ce gala.

— Il y en avait combien en tout ?

— Pour ce défilé, sept.

— Il en reste quatre sur votre présentoir... marmonne Alice. Il en manque donc trois.

— Exact.

— Ce que je ne comprends pas, c'est comment ils ont pu disparaître sans que personne voie le voleur.

— Moi aussi, ça me dépasse... gémit le couturier. Je vous charge d'éclaircir ce mystère !

Alice est arrivée à New York il y a à peine quelques heures et déjà deux énigmes la préoccupent : Jackie Henry et le vol des vêtements de Richard Reese !

Du coin de l'œil, elle voit Cécile Roy consulter sa montre. Le défilé doit commencer dans moins de trois quarts d'heure. Alice se demande comment les organisatrices de la soirée vont remplacer la partie manquante du programme.

Richard Reese remarque l'expression anxieuse de la jeune fille. Après s'être plusieurs fois raclé la gorge, il dit :

— Vous n'êtes pas Jackie, mais vous ferez l'affaire.

— Vraiment ? Vous voulez bien que je présente vos modèles ?

Le couturier hoche la tête.

— Rosalind ! Aidez Alice à s'habiller ! lance-t-il... mais il n'obtient aucune réponse.

— Vous l'avez renvoyée, rappelle Marjorie Tyson.

— Quoi ? Mais c'est ridicule ! Elle me connaît pourtant depuis assez longtemps pour savoir que je dis n'importe quoi quand je suis en colère.

Il doit pourtant demander à une autre assistante de remplacer Rosalind.

— Yolanda ! Venez ici. Aidez cette jeune fille à s'habiller. Il ne reste plus beaucoup de temps et je dois ajuster les vêtements sur elle avant son entrée en scène. Alice passera la troisième.

— Bonne chance ! lui dit Marion avant de partir avec Bess chercher les sièges qui leur sont réservés dans la salle de réception de l'hôtel.

— Enfilez cette tenue, dit Yolanda.

Alice prend la robe de soie bleue.

« Espérons que je rentre dedans... » pense-t-elle en l'enfilant.

La robe la serre un peu, mais sans la gêner. Les manches glissent aisément sur ses bras. À son grand soulagement, elle constate que la longueur du vêtement est parfaite. Elle se tient devant la glace. Yolanda tire et lisse les vêtements pour les faire tomber convenablement.

— Impeccable ! Voyons les cheveux maintenant ! dit-elle.

Elle sort une brosse de sa poche et la passe dans les boucles blondes d'Alice.

— Ce qu'on veut, c'est du naturel ! déclare-t-elle en terminant.

Puis elle la conduit devant Richard Reese. Le styliste fait quelques retouches en glissant de toutes petites épingles sous la soie.

— Parfait ! s'exclame-t-il.

Il demande à Alice de marcher jusqu'au fond de la pièce.

— Détendez-vous. Maintenant, tournez et revenez vers moi.

Le sourire qui s'épanouit sur son visage montre qu'il est satisfait de son mannequin improvisé. Un peu plus tard, il l'escorte vers la scène. Alice entend une voix annoncer dans le micro :

— Voici maintenant la robe « Nuit d'été », création de l'immense Richard Reese !

Puis quelqu'un la pousse vers le podium.

Des flashs jaillissent tout autour de la salle quand la jeune fille pose quelques instants devant le rideau. La présentatrice, une belle femme en robe à paillettes, lui sourit et lui fait signe d'avancer.

— Cette robe de soirée, en soie véritable, est ornée de fins liserés de dentelle moirée qui lui donnent un relief exceptionnel, précise-t-elle à son auditoire – un détail qu'Alice n'avait même pas remarqué !

Arrivée au bout du podium, elle fait tournoyer la jupe, puis marque une pause, les mains sur les hanches. Le public applaudit à tout rompre. Soudain, M. Reese se précipite vers le micro.

— Partez, Alice ! crie-t-il. Sortez *immédiatement* de scène !

Alice cligne des yeux, abasourdie. Décidément ce couturier est fou ! Elle pivote sur ses talons et retourne vers le rideau.

— Je regrette, mesdames et messieurs, poursuit Reese, mais je ne peux pas présenter mes créations dans ce défilé. J'ai été volé !

La présentatrice lui arrache le micro et le supplie de se taire. Le styliste hausse les épaules, puis il attrape Alice par le bras et l'entraîne dans les coulisses.

— Je n'aurais jamais dû vous écouter, gronde-t-il.

Alice le regarde bouche bée.

— Il est arrivé quelque chose ?

Richard Reese la ramène à toute vitesse dans le salon d'essayage et désigne un grand catalogue qui porte le nom de *Millington*.

— Regardez ! ordonne-t-il.

Alice feuillette le catalogue, se demandant ce qu'elle est censée y trouver.

— C'est là ! l'arrête le couturier alors qu'elle parvient à la dernière page.

Entre-temps, Bess et Marion, inquiètes, sont revenues dans les coulisses. Elles veulent savoir pourquoi Reese a si brutalement interrompu le défilé. Cécile Roy et Marjorie Tyson essaient de calmer les autres mannequins.

— Richard est un peu dingue, confie Marjorie à la tante d'Alice. Il est tellement lunatique...

Le couturier explique à la jeune détective la cause de son irritation.

— Ces modèles ! dit-il en désignant des photos dans le catalogue *Millington*. Ce sont des robes que j'ai dessinées pour ma collection « printemps-été » et qui n'ont même pas encore été montrées au public !

— Je ne comprends pas... Ce sont des photos de vos nouvelles tenues, et alors ?

— Ce sont des *copies* ! Je ne fais jamais publier de photos avant un défilé ! Et encore moins dans un catalogue comme ça ! Je fais de la haute couture, moi, pas des vêtements au rabais vendus par la maison Millington !

Alice hausse les sourcils.

— Quelqu'un aurait copié vos modèles ?

— Exactement ! On s'est procuré mes croquis ! Vous savez comment ça s'appelle, ça ? Du plagiat ! Je vais perdre énormément d'argent ! Regardez cette robe : pour trente dollars, vous pensez que c'est de la vraie soie ? Impossible ! Pourtant, les clientes achèteront ces imitations fabriquées en série et beaucoup moins chères que mes créations originales ! La maison Millignton veut que je fasse faillite !

— Vous pourriez peut-être redessiner rapidement quelques nouveaux modèles pour remplacer ceux qui vous ont été volés ? suggère timidement Bess.

— Non ! Créer et fabriquer des modèles de haute couture, ça prend des semaines ! explique M. Reese. Je suis ruiné !

chapitre 3

Une histoire d'enlèvement

— Je ne comprends pas comment ces dessins ont pu être volés, s'étonne Marion.

Le styliste s'est affalé sur une chaise et a enfoui son visage dans ses mains.

— Je ne sais pas, je ne sais pas, répète-t-il. On a pourtant un système de surveillance très strict dans la maison...

— Vos employés pourront peut-être nous donner un indice ? avance Alice.

Elle s'apprête à interroger Reese au sujet de son personnel, mais elle se ravise : mieux vaut attendre la fin du défilé. Le gala a déjà été suffisamment perturbé par l'irruption du styliste.

— Vous ne devriez pas vous retirer du défilé, dit Alice doucement. Laissez-moi continuer. Rappelez-vous que cette soirée sert à financer

des médicaments pour les enfants malades en Afrique...

— Pas question ! Je ne peux pas risquer qu'un intrus prenne des photos de mes modèles et les refourgue à Millington !

— Mais le mal est déjà fait... observe Alice.

Elle brandit le catalogue sous le nez du couturier et désigne l'image d'une robe en soie qui ressemble beaucoup à celle qu'elle porte.

— Alice a raison, monsieur Reese, ajoute Cécile Roy qui vient d'apparaître dans les coulisses. En bouleversant notre programme, vous...

Elle s'interrompt, les larmes aux yeux, et commence à s'éloigner. À cet instant, Marjorie Tyson arrive avec un message.

— Voilà qui vous fera peut-être changer d'avis... murmure-t-elle.

Richard Reese déplie le bout de papier.

— Quelqu'un veut acheter la robe qu'a présentée Alice. Zoé Babbitt est une de mes plus fidèles clientes, marmonne-t-il en montrant la signature au bas de la lettre.

— Alors ? fait Alice, pleine d'espoir.

— Yolanda ! Préparez la robe de soie ! ordonne le couturier.

L'assistante sort à toute allure, suivie de la jeune détective.

Cécile Roy, l'air soulagé, retourne avec Marjorie dans la salle de réception, accompagnées de Bess et de Marion. Alice enlève sa robe et passe le deuxième modèle de la collection Reese. Comme le premier, on dirait presque qu'il a été fait pour elle. Pourtant, quand Yolanda remonte la longue fermeture Éclair de la taille à la nuque, Alice pousse un petit gémissement.

— Vous arrivez à respirer ? demande Yolanda, taquine, en remarquant un pli sur l'estomac.

— À peine, répond la jeune fille d'une voix étouffée.

Elle n'ose pas se détendre. Et si elle craquait une couture !

— Qu'en pensez-vous, Richard ? interroge Yolanda quand le styliste les rejoint.

Immédiatement, celui-ci repère le pli à la taille. Mais après un coup d'œil à sa montre, il déclare :

— On n'a pas le temps d'arranger ça...

Puis, comme frappé d'une idée subite, il fait claquer ses doigts.

— Une seconde ! dit-il.

Il plonge la main dans un carton rempli de boutons et de rubans et en sort une longue et large bande de taffetas, de la même couleur lilas que la robe.

— C'est parfait ! approuve l'assistante.

Elle noue le ruban autour de la taille de la détective, puis, à l'aide de peignes, réunit ses cheveux en chignon, laissant quelques mèches soyeuses retomber sur ses pommettes.

Alice est vraiment très belle et, bien sûr, le public l'accueille avec de vifs applaudissements. Elle arpente le podium comme une véritable top model. Les deux tenues qu'elle présente ensuite – un tailleur blanc et une robe-fourreau noire – remportent le même succès.

Quand, pour la dernière fois, elle s'arrête au bout de la scène, un flash d'appareil photo s'allume au fond de la salle. Non loin de cet éclair se tient une femme, un manteau de léopard négligemment jeté sur les épaules.

« On dirait Jackie Henry », songe Alice.

Elle voudrait la regarder plus longuement, mais elle se force à tourner et à revenir lentement vers le rideau devant lequel elle pose encore un instant avant de sortir.

— Quelle tenue merveilleuse ! lance la présentatrice au public – ce qui déchaîne un tonnerre d'applaudissements.

La détective n'en entend qu'un faible écho : elle se précipite vers le salon d'essayage pour remettre ses propres vêtements.

« Je me demande si Bess et Marion ont repéré Jackie, elles aussi. »

Mais avant qu'elle ait le temps d'entrer dans la cabine pour se changer, elle est entourée par Richard Reese et plusieurs assistantes. Tous la complimentent chaleureusement.

— Alice, dit le styliste d'un air solennel, vous m'aiderez à trouver les voleurs ?

— J'allais justement vous demander votre autorisation, réplique-t-elle en souriant.

Elle s'enferme dans la cabine, le temps d'enfiler les vêtements qu'elle a elle-même apportés de chez sa tante. Quand elle réapparaît, elle se trouve de nouveau face à Richard Reese.

— Où courez-vous ? questionne-t-il. J'aimerais vous parler une minute.

La détective regarde par-dessus l'épaule de son interlocuteur d'un air préoccupé. Elle est impatiente de trouver Jackie.

— Si on remettait notre conversation à demain ? suggère-t-elle avec un sourire poli.

— Demain, je serai peut-être en voyage d'affaires. Vous n'avez vraiment pas un instant ?

— Écoutez, faites-moi quelques croquis des robes qui vous ont été volées ce soir !

— D'accord, mais...

— Et notez le tissu utilisé pour chacune d'elles. Maintenant, je dois vraiment retourner dans la salle de réception.

Alors qu'elle s'élance dans le couloir, M. Reese lui promet qu'elle aura les dessins le lendemain matin.

— Parfait ! lance Alice.

Elle se met à courir, mais quand elle pénètre dans le vaste salon de réception, elle s'immobilise.

Et si la top model était partie ? Elle promène

son regard sur le public. Bess et Marion lui font signe, mais elle ne les voit pas. Elle observe fixement un manteau de léopard posé sur une chaise.

Soudain la propriétaire du manteau semble surgir de nulle part.

— Mademoiselle Henry ! appelle Alice en courant vers elle.

La détective se dépêche d'expliquer qu'elle est la nièce de Cécile Roy.

— J'ai essayé d'arriver à l'heure pour le défilé, assure la top model. J'ai appelé votre tante, mais elle était déjà sortie.

— Elle voudra sûrement vous parler. Elle...

À ce moment, une annonce diffusée par les haut-parleurs interrompt Alice :

— On demande à Jackie Henry de bien vouloir se présenter à la réception.

Le mannequin a aussitôt un regard inquiet et tendu.

— Quelque chose ne va pas ? s'enquiert Alice.

— Non... euh... je... dites à votre tante que je l'appellerai demain !

Mais avant qu'elle ait le temps de tourner les talons, Bess et Marion les rejoignent.

— Oh ! mademoiselle Henry ! Je suis tellement contente de faire votre connaissance ! s'écrie Bess, surexcitée. Alice a été géniale, non ?

— On se demandait ce qui vous était arrivé, ajoute Marion.

— Je... J'ai eu un empêchement. Il s'est passé quelque chose d'affreux et...

Jackie s'arrête et se détourne des trois amies. Alors, Alice pose doucement la main sur son bras.

— On peut vous aider ? questionne-t-elle.

— Non, c'est impossible. C'est... c'est mon frère. Je crois qu'il a été enlevé !

chapitre 4

Une rencontre intéressante

— Enlevé ? Vous en êtes sûre ? s'écrie Alice.

Les haut-parleurs répètent leur appel, empêchant le mannequin de répondre.

— Mlle Jackie Henry est priée de se rendre à la réception !

— Je reviens, dit la top model.

— Si elle croit que son frère a été enlevé, qu'est-ce qu'elle fabrique ici ? observe Marion quand la jeune femme s'est éloignée.

— Il était peut-être censé venir au défilé ? suggère Alice en jetant un regard vers le hall.

De l'endroit où elle se tient, on ne voit pas la réception.

Au bout de plusieurs minutes, elle annonce :

— C'est bizarre qu'elle ne soit pas encore revenue. Allons la chercher !

Elle entraîne les deux cousines dans le couloir.

Quand elles parviennent dans le hall, elles constatent avec surprise qu'il est bondé.

— Un groupe de touristes, on dirait ! constate Alice.

Elle attire l'attention des autres sur un homme qui se fraye un passage à travers la foule. Il agite les bras et parle en même temps. Les clients se groupent autour de lui et le vacarme cesse peu à peu.

— Visiblement, c'est le conducteur du car qui a déposé tous ces gens.

— Pas de trace de Jackie, remarque Bess.

— Bizarre... admet la détective.

Elle s'approche du réceptionniste et demande s'il a vu sortir un mannequin aux cheveux d'ébène.

— Non, répond l'employé. Je m'en souviendrais, si j'avais vu une top model !

Alice s'éloigne, déçue. Elle tourne les yeux vers le chauffeur qui continue à s'agiter dans le hall.

« Ce type devait être devant l'hôtel quand Jackie est partie – enfin, si elle est vraiment partie ! »

Elle s'approche de l'homme et l'interroge. Mais, malheureusement, il n'a pas aperçu le mannequin, lui non plus.

— Retournons dans la salle de réception, propose Alice. Tante Cécile doit s'inquiéter de notre absence. Le défilé est terminé.

Alors que les trois amies se faufilent entre les invités, plusieurs personnes arrêtent Alice et la complimentent sur sa présentation et sur les tenues qu'elle a portées.

— Vraiment splendides, dit quelqu'un derrière elle.

La détective se tourne vers le podium, maintenant transformé en piste de danse, et aperçoit un homme. Malgré des rides profondes sous ses yeux gris, il doit avoir seulement une trentaine d'années.

— Vous avez dit quelque chose ? demande Alice.

— J'allais vous inviter à danser, répond l'inconnu d'une façon inattendue.

La musique change de rythme. Alice accepte d'un signe de tête. Elle suit son cavalier sur la piste au milieu d'autres couples.

— Votre nom ? questionne la jeune fille quand ils commencent à danser.

— Chris. Chris Chavez. Vous avez remplacé Jackie Henry ce soir, c'est bien ça ?

— Mmm, fait Alice évasivement. Vous la connaissez ?

— Qui ne la connaît pas ?

Chris la fait tournoyer, et, d'une main ferme il la ramène vers lui.

— Vous travaillez souvent comme mannequin ?

— C'est la première fois de ma vie !

— Incroyable ! Vous aviez l'air très professionnelle sur le podium.

Malgré le faible éclairage, il voit Alice rougir.

— Je ne voulais pas vous embarrasser ! ajoute-t-il.

— Vous ne m'embarrassez pas du tout, réplique la jeune fille en riant. J'étais juste en train de penser que Sarah, la cuisinière qui travaille chez moi à River City, serait ravie si je changeais de métier.

Son partenaire paraît surpris.

— Pourquoi ? Vous faites quoi dans la vie ? s'informe-t-il quand la musique se tait.

— Je suis détective.

À son tour, elle scrute le visage de Chris mais, à son étonnement, il reste impassible et ne fait aucun commentaire. Il l'entraîne vers la table où Bess et Marion sont assises avec Cécile Roy et Marjorie Tyson. Alice présente le jeune homme.

— Chris Chavez ! le célèbre photographe ? demande Marjorie en souriant.

Chris confirme d'un signe de tête.

— Oui, et j'aimerais prendre une photo d'Alice dans une des superbes robes de la collection Reese.

— Je suis sûre qu'on pourra arranger ça, répond Cécile Roy avec enthousiasme.

Pendant ce temps, Bess tire Alice par la manche et chuchote :

— Eh ! Marion et moi, on ne savait pas que tu avais rencontré un si beau garçon ! Il n'aurait pas deux copains, par hasard ?

— Je ne sais pas. Tu n'as qu'à le lui demander !

Bess glousse. Le photographe inscrit son numéro de téléphone sur une carte qu'il tend à Alice.

— Je serai à mon studio demain. Appelez-moi si vous pouvez venir !

Puis il tourne les talons.

— Ned sera jaloux quand il te verra sur la couverture d'un grand magazine, photographiée par un photographe ultra célèbre ! taquine Marion.

— Ned ? répond Alice. Il ne pensera rien du tout parce que je ne serai jamais en couverture du moindre magazine !

— On parie ? lance Bess.

— Tu pourrais devenir top model, comme Jackie, intervient Cécile Roy.

— Mais je ne veux pas ! proteste Alice. À propos, Bess et Marion t'ont dit qu'on avait parlé avec elle ? Tu la connais bien, toi ?

— Non, pas vraiment, répond sa tante. Mais Chris pourrait peut-être te renseigner. Il a fait plusieurs *shootings* avec Jackie !

— Je vais l'appeler !

— Ah oui ? s'étonne Bess. Tu sais qu'il est plus de minuit ?

— Il est parti il y a seulement quelques minutes. J'essaierai de l'appeler dans une demi-heure, quand il sera rentré chez lui.

La salle de réception commence à se vider. Alice descend le couloir silencieux vers un téléphone qui se trouve à côté du salon d'essayage. La plupart des lumières sont éteintes.

Soudain Alice étouffe un cri : la silhouette d'un homme se reflète dans un miroir, au fond. Elle se plaque contre le mur et attend que l'inconnu se montre.

« Ce type rôde du côté des vêtements de haute couture ! se dit la détective en se rendant brusquement compte que les précieux modèles sont restés sans surveillance. Seule une chaîne et un cadenas protègent les cintres... mais ce n'est pas ça qui va arrêter un voleur professionnel ! »

La mystérieuse silhouette traverse rapidement la pièce en direction de la porte comme si elle voulait la fermer. À cet instant, Alice se penche pour apercevoir l'inconnu. Leurs regards se croisent !

L'homme est très beau. Il a des traits fins et réguliers ; il doit avoir une vingtaine d'années et les cheveux sur ses tempes sont roux. Il porte un smoking ; il a dû assister au défilé de mode.

— Qu'est-ce que vous faites ici ? interroge la jeune fille d'un ton sévère.

L'intrus lui lance un regard noir. Il passe à côté d'elle sans dire un mot. Alice se précipite dans le salon d'essayage. Visiblement, rien n'a été touché.

« Quand même, il vaut mieux signaler cet incident à la réception de l'hôtel... » pense-t-elle.

Après avoir parlé au réceptionniste, elle retourne dans le salon.

— C'était peut-être juste un admirateur ? suggère Cécile Roy quand sa nièce l'a mise au courant de l'étrange rencontre qu'elle vient de faire. Il ne faut pas être si méfiante !

Malgré ses doutes, Alice ne contredit pas sa tante.

— Je suis lessivée, annonce-t-elle après un moment de silence. Si on rentrait ?

Elle réussit à peine à garder les yeux ouverts pendant le trajet du retour.

Mais une fois couchée, impossible de trouver le sommeil. La détective se tourne et se retourne dans son lit. Qui est le frère de Jackie ? et pourquoi l'aurait-on enlevé ? Ces questions la hantent toute la nuit, jusqu'au petit matin.

« Avant de faire quoi que ce soit, il faut que j'en parle à papa », décide-t-elle avant de s'endormir enfin.

Dès qu'elle se réveille le lendemain, Alice s'habille rapidement et rejoint sa tante et ses amies à la table du petit-déjeuner. Tout en mangeant, elles établissent leur programme pour la journée. Elles commencent par téléphoner à leurs familles, puis Alice appelle Chris Chavez qui les invite à passer à son studio dans la matinée.

Après avoir quitté Cécile Roy, qui a rendez-vous avec Marjorie Tyson au bureau de l'hôtel, les trois amies se rendent d'abord chez Richard Reese. Mais le styliste est absent.

— Il a pris l'avion pour Palm Beach, explique la secrétaire. Mais il a laissé cette enveloppe pour vous, mademoiselle Roy.

Alice l'ouvre immédiatement. Elle contient plusieurs croquis des modèles disparus ainsi que d'autres renseignements utiles.

— Il rentre bientôt ? s'informe-t-elle.

— Demain, probablement.

— Partons, décide la détective en se tournant vers la porte. Direction le studio de Chris Chavez !

En chemin, elle étudie les dessins de Richard Reese. Elle les grave dans sa mémoire et conseille à ses amies d'en faire autant.

— Si seulement je pouvais me payer une de ces robes... soupire Bess.

Leur taxi s'arrête devant un magasin apparemment désert.

— C'est ça, le studio ? s'étonne Marion.

Comme la vitrine est couverte de givre, les visiteuses ne voient rien à l'intérieur. La porte est grande ouverte, alors elles entrent.

— Chris ? Chris Chavez ? appelle Alice dans le hall désert.

Pas de réponse.

Au fond de l'entrée, il y a une autre porte et une ampoule qui répand une lumière blanche.

— C’est allumé. Il y a sûrement quelqu’un, affirme Bess en s’avançant.

Ses amies la suivent.

Soudain on entend un bruit de dispute et la porte claque bruyamment...

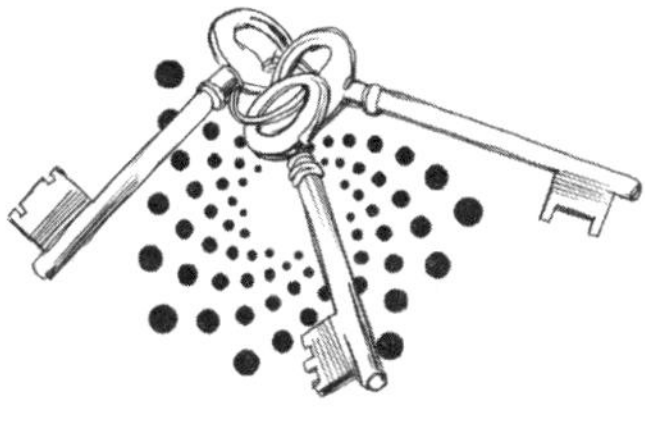

chapitre 5

Le message du lion

Alice et les cousines écoutent les voix irritées qui discutent derrière la porte.

— Ted Henry peut très bien se débrouiller tout seul ! vocifère un homme, probablement Chris Chavez.

« Ted Henry ? Ça doit être le frère de Jackie ! » pense Alice.

Elle frappe.

— On t'attend dehors ? demande Bess, inquiète.

Le signe de tête négatif de son amie la contrarie.

— J'aurai peut-être besoin de votre aide.

— Mais... marmonne Bess.

À cet instant, les voix se taisent et la porte s'ouvre. Surprise !

— Jackie ! s'exclame Alice.

— Vous vous connaissez ? s'étonne Chris Chavez, la main sur la poignée.

— On s'est vues hier soir, explique la détective, puis elle ajoute sur un ton de reproche : vous n'êtes pas revenue, Jackie. On s'est fait du souci.

— Désolée. J'étais si fatiguée que je suis partie tout de suite après avoir été à la réception de l'hôtel.

Elle fait une pause et se tourne vers Chris.

— Alice est détective, dit-elle à voix basse.

— Je sais. Jackie vous a parlé de son frère ?

— Un peu...

— Ted est journaliste. Il fait des enquêtes, répond la top model, puis elle s'interrompt comme si elle craignait de trop en dire.

— Vas-y, l'encourage son ami. Raconte tout à Alice. Elle pourra peut-être t'aider.

La jeune femme baisse les yeux.

— Je ne sais vraiment pas par où commencer. Comme je vous l'ai dit hier soir, je crois que mon frère a été enlevé.

— Mais vous n'en êtes pas sûre ? demande Alice.

— Presque sûre. Ce n'est pas la première fois qu'on le menace. Depuis qu'il exerce son métier, il a révélé des affaires très graves. Alors, forcément, il s'est fait des ennemis.

— Qu'est-ce qui vous fait penser qu'il a été enlevé ?

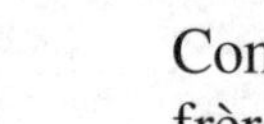

— Il devait arriver hier soir de Singapour. Il m'avait demandé de venir le chercher à l'aéroport Kennedy. C'est pour ça que je n'ai pas pu participer au défilé. Mais, une fois à l'aéroport, je ne l'ai pas trouvé.

— Vous êtes certaine que c'était le bon vol ?

— Oui, il m'avait donné le numéro. Et je l'ai eu au téléphone juste avant qu'il embarque. Aucun doute, il était à bord de cet avion.

— Alors vous pensez qu'il a été kidnappé à l'aéroport ?

Jackie hoche la tête.

— Ce n'est pas tout... ajoute-t-elle après un silence. Quand je suis rentrée chez moi, j'ai trouvé ce mot dans ma boîte aux lettres.

Elle fouille dans son sac et en sort un morceau de papier. Un message est écrit dessus. Il se termine par un gribouillage qui ressemble à un blason.

« Un emblème en forme de lion... songe Alice. Un lion héraldique ! »

Elle lit à haute voix :

SI TU N'AS PAS DE NOUVELLES DE MOI DANS QUELQUES JOURS, PRÉVIENS LA POLICE. N'ESSAIE PAS DE ME JOINDRE AVANT... T.

La détective regarde Jackie.

— C'est bien l'écriture de votre frère ?

— Je crois... mais ça pourrait être une bonne imitation. C'est ce message qui me fait penser à un enlèvement.

— « T », ça veut dire Ted, non ? Mais cette espèce de dessin près de l'initiale ? On dirait une tête de lion.

— Aucune idée.

Chris intervient :

— Ted est en train de préparer un article très important sur une salle des ventes qui fait des affaires louches.

— Une salle des ventes ? Des ventes aux enchères, vous voulez dire ?

— Oui.

— On ne devrait pas en parler, l'interrompt Jackie. Ted ne serait pas content.

— Pourquoi ? Alice ne peut pas t'aider si on ne la met pas au courant. Il paraît qu'une salle des ventes, ici, à Manhattan, a vendu de faux bijoux anciens à plusieurs personnes, dont des antiquaires.

— Mais les antiquaires savent distinguer un original d'une copie ! réplique Alice.

— C'est justement ce qui rend cette affaire si étrange, observe Chris. Visiblement, il y a un excellent artisan dans le coup...

— ... ou quelqu'un qui remplace les vrais bijoux par des faux une fois que les clients ont fait leurs offres, complète la détective.

— Bravo ! Je n'y avais pas pensé ! s'écrie Chris. Vous devriez peut-être collaborer avec Ted.

— Mon frère préfère travailler seul... intervient Jackie d'une voix triste. Du coup, quand il s'attire des ennuis, il n'y a personne pour l'aider.

— De toute façon, je suis déjà très occupée, explique Alice. J'ai ma propre énigme à résoudre.

Ses interlocuteurs ont l'air tellement intrigués qu'elle décide de leur en dire un peu plus :

— Richard Reese, le grand couturier, m'a demandé de l'aider à trouver un voleur.

— Ah oui ? fait Jackie en lançant un rapide coup d'œil au photographe.

— Plusieurs modèles que vous deviez présenter hier soir, Jackie, ont disparu de l'hôtel.

— Pas possible ! s'exclame Chris. Vous avez des indices ?

— Non, rien de précis, répond Alice vaguement.

Elle a décidé de ne pas parler de l'intrus qu'elle a aperçu dans le salon d'essayage.

— Je ne veux pas vous vexer, reprend Chris, mais je pense que vous devriez laisser ce genre d'enquête à un professionnel.

— Comme Ted Henry ? rétorque Alice d'un ton légèrement ironique.

— Alice est une détective très expérimentée ! proteste Bess.

— Oh ! Pas de doute là-dessus ! assure le photographe. Seulement on ne sait jamais jusqu'où un criminel peut aller. Je ne voudrais pas qu'il arrive quelque chose à Alice ou à l'une de vous deux.

— Chris a raison, appuie Jackie.

— Et dire qu'on allait vous proposer de chercher votre frère – dans le plus grand secret, bien sûr, ajoute vivement la détective.

Jackie regarde le photographe avec un air presque suppliant et joue avec la lanière de son sac à main.

— Alors ?

— À toi de décider, soupire Chris.

— On ne fera rien qui fasse courir de risques à Ted ou à son enquête, promet Bess.

— Il essaie sans doute de réunir des preuves contre la salle des ventes, estime Alice, et il ne veut sûrement pas que la police s'en mêle. On devra se montrer très discrètes.

— C'est une bonne idée, hein, Chris ? insiste Jackie.

— Si vous pensez être capables de vous occuper de cette affaire... répond le photographe. Par quoi commencerait votre recherche ?

Alice réfléchit un moment, puis elle sourit.

— D'abord, j'essaierais de trouver le lion héraldique.

chapitre 6

Un mystérieux médaillon

— Je me demande ce que veut dire cet emblème ? murmure Bess en examinant le dessin sur le message de Ted Henry.

Alice pense aux statues de lions qui décorent l'entrée de la bibliothèque municipale de New York. Un indice, peut-être ?

— Est-ce que la porte d'une salle des ventes est ornée d'un lion ? interroge Marion.

— Pas que je sache, répond Chris, mais c'est possible.

Bess prend un annuaire et commence à feuilleter les pages jaunes.

— Il y en a plein, des salles des ventes ! gémit-elle. Au moins une centaine !

— N'exagère pas, dit Alice en jetant un coup d'œil sur la liste.

— N'empêche que pour les voir toutes, il faudrait plusieurs jours... observe Marion.

La détective remarque un journal sur une table.

— Je peux regarder ? demande-t-elle à Chris.

— Bien sûr, répond le photographe, devinant l'idée que la jeune fille a en tête. Il y a une rubrique « galeries ».

Alice repère rapidement la page indiquée. Elle est remplie d'annonces d'enchères. L'une d'elles, en particulier, attire son attention.

— Il y a une vente ce soir à Speers Limited. Parmi les objets proposés, je vois des armoiries et des médaillons. On en trouvera peut-être un décoré d'une tête de lion ! La vente aura lieu à vingt heures.

— Jackie, décrivez-nous votre frère, dit Marion.

— Il est plus grand que moi, il a des cheveux noirs ondulés et des yeux noisette. Son visage est plus rond que le mien, plus bronzé aussi.

— Vous avez une photo de lui ? questionne Bess.

— Non... à part un portrait de lui à douze ans. Mais il a énormément changé depuis !

Le mannequin rit, rejetant en arrière sa crinière de cheveux noirs. Avant de partir avec ses amies, Bess lui murmure quelque chose à l'oreille, puis note une adresse sur un bout de papier.

— Qu'est-ce que tu mijotes ? demande Marion à sa cousine quand les filles se retrouvent dehors.

— Tu verras bien, répond Bess d'un ton mystérieux. Maintenant, il faut que je file. Rendez-vous à l'appartement. Salut !

Elle descend la rue en courant et s'engouffre dans un taxi. Alice et Marion se regardent bouche bée, puis elles éclatent de rire.

— À tous les coups, elle a demandé à Jackie l'adresse de son coiffeur ou de son magasin de chaussures préféré !

Dans l'appartement de Cécile Roy, l'après-midi passe très vite. Quand la sonnette de la porte retentit enfin, Alice et Marion se précipitent dans l'entrée pour ouvrir.

— Bess ! C'est toi ? s'écrie Alice en découvrant son amie. Je te reconnais à peine !

Marion a mis la main devant sa bouche et se mord la lèvre pour ne pas éclater de rire.

Bess a l'air vexée.

— Bien sûr que c'est moi ! grommelle-t-elle.

Eh oui ! elle s'est rendue dans un institut de beauté où, à part la couleur des yeux, on lui a tout changé. Sa tête est surmontée d'une montagne de bouclettes, dont quelques-unes pendent sur ses oreilles et dans son cou.

— Alors ? fait Bess, inquiète du brusque silence de ses amies.

— Pas mal, la coiffure... admet Marion. Mais tes yeux... euh... sont bizarres.

Alice est fascinée, elle aussi, par cette transfor-

mation. Bess porte des faux cils d'environ deux centimètres de long ! Mais l'un des postiches s'est détaché et la jeune fille l'a maladroitement recollé au milieu de la paupière !

— C'est Jackie qui t'a conseillé ce style ?

— Non, pas ce style, mais ce coiffeur. En plus, c'est un excellent maquilleur. Toutes les top models vont chez lui.

Bess s'approche d'une glace dans le salon. Elle remarque aussitôt ses cils de travers. Embarrassée, elle se dépêche de les ajuster, mais ils tombent. Elle se retrouve donc avec un seul postiche.

Quand elle se retourne, Marion éclate de rire. Sa cousine lui lance un regard noir.

— Tu es jalouse, c'est tout ! accuse-t-elle.

— Ha ! Jalouse, moi ?

Elle attrape son appareil photo qu'elle a laissé sur une commode dans l'entrée.

— Il faut que je prenne une photo de toi. Elle plaira sûrement à ton cher Daniel !

— Non ! Arrête ! hurle Bess en arrachant les faux cils de son autre œil.

Trop tard ! Sa cousine a déjà appuyé sur le bouton.

— Je vous présente la nouvelle top model de l'année ! annonce-t-elle, en imitant la présentatrice du défilé

Pendant le dîner, les cousines ne s'adressent pas une seule fois la parole – ce qui met Alice et sa tante mal à l'aise.

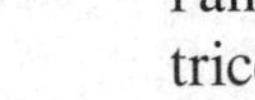

— Ta nouvelle coiffure te va bien, assure Cécile Roy.

— Je suis contente que ça vous plaise, répond la jeune fille avec un bref sourire.

Ensuite, Bess ne desserre pratiquement plus les dents jusqu'à leur arrivée à la salle des ventes Speers. Les amies remarquent que presque tout le monde tient un catalogue à la main. Alice s'approche du comptoir pour en acheter un.

— Ooh ! Il y a quelques objets magnifiques là-dedans ! s'extasie Bess après avoir louché sur la brochure d'un voisin.

Alice feuillette rapidement la sienne, s'arrêtant de temps en temps pour examiner des pièces de vieille argenterie anglaise ou de porcelaine orientale.

— Reviens quelques pages en arrière, lui dit Marion.

À son étonnement, elle découvre la reproduction d'un médaillon sur lequel on voit le profil d'un lion ! Le bijou a appartenu à un homme nommé Galen Kaiser. C'est peut-être le bijou qu'a griffon né Ted Henry dans le message qu'il a envoyé à sa sœur ?

« Galen Kaiser... pense Alice. Il ne faut pas que j'oublie ce nom... »

Le trio évite de discuter ouvertement de cette trouvaille. Les filles promènent leur regard sur le public, cherchant quelqu'un qui pourrait correspondre à la description du frère de Jackie. Deux hommes lui ressemblent, mais l'un d'eux a un gros nez, l'autre une cicatrice sur la joue. Or, le mannequin n'a mentionné aucun de ces signes particuliers.

Puis les enchères commencent.

— Un service à thé en or massif ! annonce le commissaire-priseur, responsable de la vente.

Les filles observent les tasses dorées disposées sur une table recouverte de velours.

— On fait une offre ? plaisante Marion.

— Cinq cents dollars ! Qui dit mieux ? lance le commissaire-priseur.

— Franchement, je n'ai *absolument* pas besoin de tasses à thé en or ! répond Alice en riant.

Divers objets de luxe sont présentés au public, puis disparaissent les uns après les autres : Alice et les cousines attendent impatiemment le médaillon.

— Le voilà ! murmure Bess quand le bijou surgit sur la table, étincelant à la lumière des spots.

De là où elles sont assises, les filles ne le voient pas en entier. Le commissaire-priseur met la main sur le micro et se tourne pour parler à son assistant, cachant complètement la table. Quand il s'adresse de nouveau aux éventuels acheteurs, les amies constatent avec surprise que le médaillon a disparu. À sa place, il y a un petit plat en or !

— Mais... où est passé le médaillon ? chuchote Bess.

Personne ne répond. Le commissaire-priseur

annonce bientôt qu'il y a eu un changement dans l'ordre des ventes et que le médaillon sera mis aux enchères dans quelques instants.

— Quelqu'un est peut-être en train de le remplacer par un faux, reprend Bess.

— Non, ça serait trop évident... juge Marion.

Quand le médaillon réapparaît, Alice se penche en avant. Elle ne veut pas perdre une miette de cette vente.

Les enchères commencent. Deux hommes font monter les prix. Cent, deux cents, et jusqu'à quatre cent cinquante dollars !

La détective lève la main.

— Tu es folle ? lance Bess.

— Cinq cents dollars ! annonce le commissaire-priseur.

— C'est pour faire un test... explique la détective.

Puis elle attend que l'un des deux clients augmente son offre.

— Une fois, deux fois... dit lentement le commissaire-priseur.

Il lève son marteau, prêt à l'abattre sur son bureau. Affolée, Alice se rend compte qu'elle est sur le point de devenir la propriétaire d'un bijou dont elle n'a pas vraiment envie. Et qui va lui coûter toutes ses économies !

chapitre 7

L'imposteur

Le commissaire-priseur garde son marteau en l'air un moment. Il lance un regard aux deux hommes qui ont, d'abord, fait monter les enchères sur le médaillon. Le cœur d'Alice bat violemment.

« Allez ! Il faut que l'un d'eux lève la main ! » pense-t-elle.

Soudain, elle entend la voix sonore du commissaire-priseur :

— Cinq cent cinquante dollars ! Qui dit mieux ?

Quelqu'un a enchéri ! Mais Alice n'a pas vu lequel des deux clients...

— Ouf ! fait Bess, pendant que la détective, à son côté, pousse un soupir de soulagement. Imagine, si tu était restée avec le médaillon sur les bras !

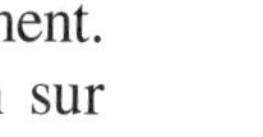

— Ça m'aurait coûté des semaines d'argent de poche !

— Pourquoi tu as pris ce risque ? demande Marion.

— Je pensais qu'en participant à la vente je trouverais un indice qui me permettrait de comprendre pourquoi ces deux hommes veulent absolument ce médaillon.

— Mais ça ne t'a rien apporté... constate Marion. À part quelques sueurs froides !

Alice acquiesce. Elle se demande si les deux rivaux vont continuer à faire monter le prix du bijou. Mais non, les enchères s'arrêtent à cinq cent cinquante dollars. Le médaillon est remis au dernier client qui a levé la main.

Les filles assistent avec beaucoup d'intérêt à la suite de la vente. Une femme obtient des assiettes en porcelaine. Quelqu'un d'autre achète des chandeliers en argent massif. Et une troisième personne décroche un drôle d'assortiment de sonnettes de table. Les hommes qui ont enchéri le médaillon restent silencieux jusqu'à la fin.

À ce moment, Alice se lève.

— Je vais aller « féliciter » l'acheteur, dit-elle.

— Celui qui a remporté le médaillon ? On t'accompagne, annonce Bess en suivant la détective à travers la foule.

L'homme qui a acheté le bijou est petit et complètement chauve. Sa tête brille comme une boule de billard – ce qui permet à Alice de ne pas le perdre de vue. Il se rend à un comptoir déjà envahi par d'autres acheteurs. Quand une femme s'en éloigne avec un petit carton, il se dépêche de prendre sa place.

Alice et ses amies se glissent derrière lui. Pardessus son épaule, elles lisent le nom sur le chèque qu'il est en train de signer : Russell Kaiser !

« Bizarre, pense la détective. J'ai vu dans le catalogue que le médaillon appartenait à un certain *Galen* Kaiser ! C'est forcément la même famille... Alors, pourquoi ce Russell doit-il acheter le médaillon aux enchères ? »

— Monsieur Kaiser, commence Alice alors qu'un employé remet le bijou à l'acheteur, je voudrais vous...

— C'est vous qui avez fait monter les enchères à cinq cent cinquante ? grogne l'autre en prenant la petite boîte contenant la médaille.

— Euh... oui, avoue la jeune fille, un peu embarrassée.

— Pff...

— Je pourrais vous poser une ou deux questions ?

— À quel sujet ?

— À propos du médaillon.

— Impossible. Je suis invité à dîner et je suis déjà en retard. Excusez-moi.

Marmonnant quelque chose entre ses dents, Kaiser passe à côté d'elle et se presse vers une sortie.

— Pas très sympa, ce type ! rouspète Marion. Je me demande pourquoi il tient tant à ce médaillon.

À cet instant, les filles entendent une voix derrière elles :

— Vous êtes Alice Roy ?

Quand les amies se retournent, elles reconnaissent l'autre client qui voulait acheter le médaillon. Il doit avoir la quarantaine. Il est blond, avec d'épais sourcils et un nez long et fin.

— Oui, c'est moi, répond la détective, étonnée qu'il connaisse son nom.

— Je m'appelle Russell Kaiser.

— Hein ? fait Bess, incrédule.

— Mais non, Russell Kaiser, c'est le type qui vient de... commence Alice, puis elle se mord la lèvre.

— Je vous ai vue en photo dans le journal, poursuit l'homme. C'est comme ça que je vous ai reconnue. L'article parlait d'une énigme que vous veniez de résoudre.

— Vous vous appelez vraiment Kaiser ? questionne Marion, incapable de se retenir plus longtemps.

— Évidemment !

— Pourtant, ajoute Bess, c'est le nom qui était sur le chèque du type qui vient d'acheter le médaillon...

— Quoi ? Impossible !

Aussitôt, il sort son chéquier, puis un passeport, une carte d'identité.

— Il ne me manque rien, constate-t-il en les remettant dans la poche de sa veste. Je dois quand même prévenir ma banque au cas où cet imposteur essaierait de tirer de l'argent sur mon compte !

Il se précipite vers un employé de la salle des ventes, lui parle brièvement, puis revient auprès des filles.

— Monsieur Kaiser... commence Alice.

— Appelez-moi Russell.

— D'accord. Vous pouvez me dire pourquoi vous vouliez absolument acheter ce médaillon ? Vous étiez prêt à payer très cher...

L'homme hésite un moment avant de répondre.

— Je rentre juste d'un voyage d'affaires et j'ai trouvé chez moi une lettre d'un vieil ami de mon oncle Galen.

— Galen Kaiser ? demande Alice, très intéressée.

— Oui. Oncle Galen est mort au mois de juin et nous avons décidé de vendre ses meubles et son argenterie aux enchères. L'ami de mon oncle Galen me disait qu'il était très attaché au médaillon, pour des raisons sentimentales. Il voulait le récupérer avant que tous les biens de mon oncle soient envoyés à la salle des ventes... Mais c'était trop tard, toutes les affaires étaient déjà exposées ici. Alors j'ai décidé de racheter moi-même le bijou

pour l'offrir à l'ami d'oncle Galen. Voilà pourquoi j'ai fait monter le prix...

— C'est tellement dommage ! s'apitoie Bess. Non seulement vous n'avez pas pu obtenir l'objet pour l'ami de votre oncle, mais, en plus, c'est un imposteur qui l'a emporté !

— Vous êtes sûr que cet « ami » voulait le médaillon pour des raisons *sentimentales* ? interroge Alice.

Russell paraît surpris.

— Comment ça ?

— Eh bien, ça ne vous paraît pas bizarre que les enchères soient montées si haut pour ce bijou ?

— Alice a raison, approuve Bess. Il doit avoir quelque chose de spécial.

— Je ne vois pas ce que ça pourrait être, dit Russell. J'ai proposé autant d'argent que je pouvais dépenser, mais...

Sa voix devient étouffée.

— Mon oncle Galen était un homme très bon, explique-t-il, l'air triste. Il avait beaucoup d'amis. Celui qui m'a écrit l'a aidé à une époque où il avait perdu beaucoup d'argent...

Le chagrin de Russell Kaiser touche les trois amies. Si seulement elles pouvaient arrêter l'imposteur et lui reprendre le médaillon !

— On peut vous aider à retrouver cet escroc, propose Alice.

— Oui, je veux bien. D'après le journal, vous êtes très douée, comme détective !

— Je vais signaler cet homme à la police. Attendez pendant que je téléphone.

— Non ! fait Russell. Je dois vous expliquer quelque chose : ma famille est assez connue, et je voudrais éviter que cette affaire fasse scandale. Je préfère que vous essayiez d'abord de mettre la main sur cet imposteur sans aide de la police. Si c'est impossible, on s'adressera au commissariat.

— Comme vous voulez. On fera tout notre possible. Où est-ce qu'on peut vous joindre ?

— À mon adresse, répond Russell en tendant une carte de visite.

À la surprise d'Alice, il n'habite pas un quartier chic de l'est, mais au centre de la ville, à l'ouest de la 5e Avenue.

— Dès qu'on a une piste, on vous contacte !

En retournant à l'appartement de Cécile Roy, les filles discutent des étranges événements de la soirée.

— C'est vraiment bizarre, commente Marion. On va à une vente aux enchères pour chercher Ted Henry et, résultat, on est chargées de retrouver un imposteur qui se fait appeler Russell Kaiser ! À mon avis, il n'y a aucun lien entre les deux énigmes...

Alice secoue la tête lentement.

— Moi, je n'en suis pas si sûre...

chapitre 8

Un précieux secret

Le lendemain matin, les filles se lèvent tôt.

— Qu'est-ce qu'on fait aujourd'hui ? demande Bess quand elles sont réunies autour de la table du petit-déjeuner.

— On pourrait aller au commissariat pour voir si l'imposteur est fiché, suggère Alice.

— Russell Kaiser ne veut pas que les policiers soient au courant de cette affaire, rappelle Marion.

— On ne leur dira pas pour qui on travaille ! Je voudrais aussi appeler Jackie, juste pour m'assurer que Ted n'était aucun des deux hommes qu'on a vus hier soir.

Dès qu'elle a avalé sa dernière bouchée d'œufs brouillés, elle téléphone à la top model. Jackie lui confirme que son frère ne correspond pas à la description des deux clients.

— Désolée, ajoute-t-elle. Vous avez perdu votre temps à cette vente aux enchères...

— Non, pas vraiment. On est tombées sur une autre énigme intéressante.

Alice parle du médaillon à la tête de lion et des deux Russell Kaiser.

— Je ne sais pas s'il y a un rapport entre le dessin griffonné par votre frère et le lion sur le bijou, mais, de toute façon, on suit cette affaire.

— Vous en avez, du boulot ! plaisante Jackie.

— C'est vrai ! Je commence même à en avoir trop ! Je vais passer au commissariat, et ensuite j'irai voir Richard Reese à son bureau.

— Alors profitez-en pour faire du shopping ! À côté, il y a une merveilleuse petite boutique de vêtements ! Vous devez absolument y jeter un œil.

Elle donne l'adresse à Alice. La détective se demande si les habits de ce magasin seront aussi bizarres que le maquillage de Bess !

— Si vous achetez une robe, je veux la voir ! conclut Jackie avec un éclat de rire.

Bess et Marion ont déjà mis leurs manteaux et attendent impatiemment qu'Alice raccroche. Puis les filles disent au revoir à Cécile Roy qui s'apprête à sortir, elle aussi.

— Marjorie et moi, on va faire les comptes,

explique-t-elle. On saura ce qu'a rapporté le gala de charité.

— Une fortune, j'espère ! répond Alice.

À cet instant, le téléphone sonne.

— Va décrocher, ma chérie.

À la surprise d'Alice, c'est Kate, la secrétaire de son père.

— Bonjour, Alice, dit la jeune femme. Ton papa m'a demandé de te transmettre un message. Il ne peut pas t'appeler lui-même, il plaide au tribunal. Il va t'envoyer des papiers importants aujourd'hui. Il insiste pour que tu les attendes.

— Bizarre... murmure Alice quand elle a raccroché.

— Qui c'était ? s'informe Bess.

— Mon père... je veux dire : la secrétaire de mon père. Je ne peux pas prendre le risque de sortir. Si papa me demande d'attendre ces documents, je dois lui obéir.

Elle enlève son manteau.

— Vous n'êtes pas obligées de rester ici avec moi.

Bess et Marion se regardent d'un air indécis.

— On va aller consulter les fichiers de police au commissariat, décide Marion. Ça fera peut-être un peu avancer notre enquête ?

— Bonne idée, approuve Alice. À votre retour, j'aurai certainement reçu les papiers et on pourra aller ensemble chez Richard Reese.

— Tu es sûre que tu ne préfères pas voir toi-même les fichiers ? demande Bess.

— Sûre et certaine. Je vous fais confiance : vous avez vu le même type que moi aux enchères !

Rassurées, les cousines s'apprêtent à partir.

— Oh, attendez une minute, lance Alice. Prenez ça. C'est l'adresse d'un magasin de vêtements dont m'a parlé Jackie. Comme notre séjour à New York ne sera pas très long, vous devriez peut-être y aller aujourd'hui.

— Super ! s'exclame Bess.

Alice prend deux parapluies dans le placard de sa tante et en tend un à chacune de ses amies, précisant à Bess :

— Il paraît qu'il va pleuvoir aujourd'hui. Tu ne veux pas risquer d'abîmer tes jolies frisettes ?

Les petites boucles commencent à se défaire, mais Bess est décidée à garder sa coiffure aussi longtemps que possible !

Quand elles arrivent au poste de police, après avoir déposé en route Cécile Roy, les deux cousines se présentent à l'agent de service.

— On est des amies d'Alice Roy, la détective, explique Marion.

— Ah oui ? J'ai entendu parler de cette jeune fille. Vous l'aidez à résoudre une affaire ?

— Exact, répond Bess, et c'est pour ça qu'on est ici. On aimerait jeter un coup d'œil à vos fichiers,

si c'est possible. On cherche un homme... mais on ne connaît pas son nom.

— Que lui reprochez-vous ?

— De s'être fait passer pour quelqu'un d'autre.

— Pour qui ?

— On ne peut pas le dire.

— Bon. Eh bien, allez-y. De toute façon, ces registres sont publics. Vous pouvez les consulter librement.

Le policier les mène dans une pièce et leur remet les fiches demandées.

— Si vous reconnaissez votre loustic, prévenez-moi ! leur recommande le policier en souriant.

Les jeunes filles examinent les photos d'identité des suspects pendant plusieurs minutes. De temps en temps, elles s'arrêtent pour scruter un visage qui leur paraît familier. Quelques-uns ont des traits similaires à ceux de l'imposteur : un crâne chauve, par exemple, mais la forme des yeux ou du nez est différente.

— Hé ! Regarde celui-là ! s'écrie Bess alors qu'elles atteignent le bas de la pile.

Les cousines observent la photo d'un homme entre trente-huit et quarante-deux ans. Il a d'épais sourcils, un long nez mince et une bouche épaisse. Des cheveux blonds encadrent sa figure.

— Mais ce n'est pas l'imposteur... C'est Russell Kaiser, lui-même ! s'écrie Marion. Et, d'après cette fiche, il s'appelle Pete Grover, recherché

dans l’État de Californie pour fabrication de faux papiers d’identité ! C’est écrit sous la photo !

— Le policier pourra peut-être nous donner d’autres renseignements !

L’officier est très intéressé par ce que lui disent les filles.

— Vous l’auriez vu à une vente aux enchères ? Il a acheté quelque chose ?

— Non, répond Marion. Mais il a fait des offres pour un médaillon.

— On va lancer des recherches, affirme l’agent.

— Tu y comprends quelque chose ? demande Bess à sa cousine quand elles sortent du commissariat.

— Non, rien du tout... Mais une chose est sûre : Pete Grover est bien l’homme qu’on a vu hier soir et qui disait être Russell Kaiser...

— ... et qui accusait le chauve de se faire passer pour lui ! C’était donc lui, l’imposteur !

Les filles se dirigent vers la boutique de mode située dans la 67e Rue Est. C’est un petit magasin rempli de vêtements très chers.

— Ça ne m’étonne pas que Jackie s’habille ici, commente Bess.

Elle fait glisser les cintres sur la tringle et s’arrête pour regarder un pantalon bleu nuit.

— Il faut être squelettique pour rentrer là-dedans !

Marion rit.

— Ce qui n'est pas ton cas !

— Très drôle... grommelle-t-elle, habituée aux taquineries de sa cousine au sujet de ses rondeurs.

Elle pousse le pantalon de côté.

— Ah, voilà quelque chose de joli. Je vais l'essayer !

Avant que Marion ait le temps de regarder, sa cousine file avec le vêtement dans une cabine au fond du magasin. Quelques minutes plus tard, une vendeuse la suit, puis revient vers le rayon chercher une taille plus grande.

Marion se poste à l'extérieur de la cabine et attend. Des bruits bizarres lui parviennent de derrière le rideau : soupirs, puis rire étouffé.

— Ouf ! Ça y est ! annonce enfin Bess.

Elle apparaît et guette la réaction de sa cousine.

— Ça te plaît ?

Marion ravale sa salive. Bess porte un ensemble taillé dans du tissu noir et argent qui boudine sur son corps, puis serre étroitement ses jambes. Elle se tourne vers une glace.

— Tu as perdu ta langue ?

— Euh... tu es... magnifique.

— Merci ! Combien coûte cet ensemble ? demande la jeune fille à la vendeuse.

— Quatre cent vingt-cinq dollars.

— Quatre cent vingt-cinq dollars ? répète Bess, horrifiée.

— C'est un modèle unique, créé par un styliste très réputé, fait remarquer la vendeuse.

— Mais c'est trop cher pour moi... Dommage, j'adore la coupe !

— Allez, viens, Bess, dit Marion. On s'en va. On n'a pas les moyens de se payer des habits de luxe.

— Je suis tellement déçue ! s'écrie sa cousine quand elles sont de nouveau dans la rue.

— C'est pas si grave. Si tu avais acheté cet ensemble, tout River City aurait pensé que tu as pris la grosse tête... surtout Daniel !

De retour à l'appartement, les filles racontent leur sortie à Alice. Marion décrit le modèle noir et argent que Bess a voulu acheter, puis les cousines relatent leur visite au commissariat. L'histoire de la photo surprend la détective.

— Alors l'imposteur s'appelle Pete Grover ?

— Oui. Au fait, les papiers de ton père sont arrivés ? s'informe Bess.

— Non. Le facteur a apporté quelques lettres pour tante Cécile. C'est tout. Mais je pense que papa a dû expédier les documents par service Express. Ils peuvent donc arriver à n'importe quel moment.

Les filles préparent un déjeuner léger. Quand elles ont terminé leur repas, il est presque deux heures.

— Je devrais vraiment aller chez Richard Reese, dit Alice.

— Si tu veux, Bess et moi, on peut rester ici et attendre les papiers... propose Marion.

— C'est vrai que ça m'ennuierait de passer toute la journée enfermée dans l'appartement de tante Cécile... Je vais appeler le bureau de papa. Sa secrétaire saura peut-être me dire où je peux le joindre ?

Elle téléphone de nouveau au cabinet de son père. À sa grande joie, James Roy vient de rentrer.

— Qu'est-ce qu'il y a, ma chérie ? demande-t-il affectueusement.

— Je veux te parler des documents que tu m'as envoyés aujourd'hui.

— Quels documents ?

— Tu... tu n'as pas demandé à ta secrétaire de me téléphoner ce matin ? Et de m'envoyer des papiers importants ?

— Pas du tout ! De toute façon, Kate n'est pas venue travailler aujourd'hui, elle est malade.

— Mais alors... qui m'a appelée pour me dire d'attendre ces documents ? et pourquoi ?

Son père reste silencieux un moment. Puis il conclut, d'un ton grave :

— Visiblement, quelqu'un voulait t'empêcher de quitter l'appartement !

chapitre 9

Fraude dans la mode

Quand James Roy apprend les incidents qui se sont produits au gala de charité, il devient encore plus inquiet.

— Quelqu'un doit penser que tu es sur le point de résoudre l'énigme.

— Tu parles, j'en suis encore loin !

— Promets-moi de m'appeler tous les jours ! Et ne prends aucun risque, c'est compris ?

— Promis, papa.

Elle raccroche et annonce à ses amies :

— On a un après-midi chargé. Je commence à me demander si Jackie n'a pas aidé le voleur à dérober les modèles de Richard Reese... Du coup, ce voleur sait que je mène l'enquête... c'est pourquoi il a voulu m'empêcher d'aller chez le couturier aujourd'hui !

— Hein ? fait Marion. Jackie serait complice ?

— Non, mais elle a pu donner des informations sans le savoir.

Ses amies réfléchissent un moment à cette possibilité.

— Chris et elle sont les deux seules personnes à être au courant de l'enquête, reconnaît Marion.

— Et c'est seulement quelques minutes après avoir parlé à Jackie que j'ai reçu le coup de fil de la secrétaire de papa, ajoute Alice. Enfin, la *prétendue* secrétaire de papa !

— On devrait parler à Jackie, non ? suggère Marion.

— Elle est sûrement à son travail maintenant, souligne Bess. Une top model aussi connue qu'elle doit être très occupée.

— De toute façon, j'aimerais d'abord voir Richard Reese, tranche Alice. Et, cette fois, je ne donnerai mon emploi du temps à personne d'autre que vous, les filles !

Quand le trio arrive au bureau du couturier, la détective apprend que le styliste est rentré de son voyage d'affaires et parti faire une course dans le quartier branché de SoHo.

— M. Reese a laissé un message pour moi ? demande Alice à l'assistante du couturier..

De ses doigts aux longs ongles vernis, la femme feuillette des papiers dans un bac métallique.

— Non, désolée. Mais si c'est urgent, vous pourrez le trouver chez Zanzibar.

Pour les filles, ce nom n'évoque rien.

— C'est un studio de photographie, l'atelier Vinton, explique l'assistante. C'est là que sont faits les catalogues des plus grandes marques.

— Merci, dit Alice. Si jamais Richard Reese revient pendant qu'on le cherche au Zanzibar, dites-lui qu'on essaie de le rencontrer !

La réceptionniste inscrit l'adresse du studio sur un papier.

C'est un bâtiment gris. Sans l'enseigne « Zanzibar », les trois enquêtrices seraient sans doute passées à côté. L'entrée est modeste, elle aussi. Seules quelques publicités extraites de catalogues décorent les murs.

Alice en tête, le trio se dirige vers un comptoir au fond du hall. Une femme les salue aimablement, mais dès que la détective mentionne le nom du couturier, elle se raidit.

— Il discute avec l'un de nos photographes, explique-t-elle. Je suis sûre qu'il ne veut pas être dérangé.

— Mais Alice essaie d'enquêter sur les vols de la nuit dernière ! proteste Bess.

La femme regarde fixement Alice.

— Vous n'avez pas l'air d'une détective, déclare-t-elle.

À ce moment, le bruit d'une dispute filtre à tra-

vers une porte éloignée. Les filles reconnaissent aussitôt la voix de Richard Reese. Elles passent devant la réceptionniste.

— Hé ! Vous ne pouvez pas entrer !

Mais les trois amies ont déjà ouvert la porte.

— Nos mannequins sont payés à l'heure, monsieur Reese ! hurle le photographe. Vous êtes en train de me faire perdre mon temps !

Une jeune fille, qui se tient devant un fond bleu, sort du cercle de lumière des projecteurs.

— Je commence à avoir trop chaud, moi, se plaint-elle.

Mais seules les enquêtrices entendent sa remarque.

— Je vais porter plainte contre vous, Vinton ! s'égosille le couturier.

— Ah oui ? Eh bien, allez-y !

— Et votre assistante aussi ! ajoute Reese.

Pointant un doigt menaçant, il se précipite vers une femme en jean qui se tient à côté du mannequin.

— Votre nom ? gronde-t-il en écartant brutalement un des projecteurs. C'est quoi, votre nom ?

La lampe oscille, puis s'écrase sur le sol où le verre se brise en mille morceaux.

— Oh ! crie la femme. Vous êtes fou !

Cette remarque ne fait qu'augmenter la fureur du couturier.

— Et vous n'avez encore rien vu ! vocifère-t-il.

Il pousse la jeune top model et se met à déchirer le papier qui sert de fond.

— Monsieur Reese ! Monsieur Reese, s'il vous plaît ! appelle Alice depuis le seuil.

Le styliste l'ignore. Rouge comme une tomate, il se retourne vers le photographe, mais celui-ci le saisit par les épaules d'une main ferme.

— Je vais vous jeter dehors !

Reese tente de lui mettre un coup de poing, mais il le rate.

Entre-temps, le vacarme a alerté tous les occupants du studio où d'autres séances de photo ont lieu derrière des portes closes. Les uns après les autres, ils se glissent dans l'atelier de Vinton. Finalement, deux hommes maîtrisent Richard Reese avant que celui-ci ne réussisse à distribuer d'autres coups.

— Je vous enverrai ma facture pour les dégâts que vous avez causés ! crie Vinton.

— Et moi, je vous ferai payer pour chaque modèle que vous m'avez fauché ! rétorque le styliste.

Alice s'approche de lui.

— Monsieur Reese, dit-elle d'un ton ferme, attirant enfin son attention.

— Hein ? Qu'est-ce que vous voulez ?

— Pourquoi accuser Vinton ? Vous n'avez aucune preuve !

— J'ai toutes les preuves nécessaires !

« Il pense que le studio Zanzibar a fait les photos pour le catalogue Millington... » songe Alice.

Elle remarque un bout de page déchiré qui dépasse de la poche du couturier.

— Ça vient du catalogue Millington ? demande-t-elle.

— Non, du catalogue Chalmers, réplique le couturier. Vous connaissez Chalmers ? C'est un grand magasin, très chic et très cher.

D'un geste brusque, il sort le morceau de papier et le brandit sous le nez d'Alice. Sa main tremble encore de rage.

— Regardez. Vous voyez ces deux robes ? De la marchandise de luxe – contrairement aux habits fabriqués par Millington. Mais ce sont mes modèles aussi !

— Qu'est-ce qui vous fait croire que le photographe est lié à ce plagiat ?

— Il a refusé de me dire qui lui a passé la commande. Vinton couvre quelqu'un, j'en suis sûr !

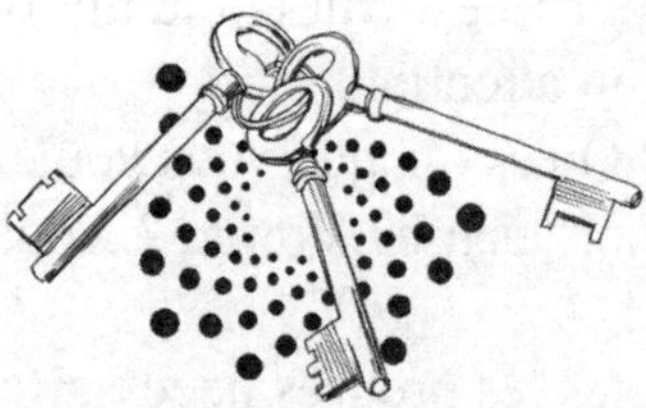

chapitre 10

Nouvelle découverte

Alice examine les images du catalogue Chalmers. Sous la photo des deux superbes robes que le styliste lui a indiquées, on peut lire : Arnaud Hans... le concurrent de Richard Reese !

Une foule de questions se presse dans la tête de la détective, mais elle décide de ne les poser qu'après leur départ du studio.

— Partons, dit-elle au styliste. On n'a plus rien à faire ici.

Le couturier paraît être de son avis et se dirige vers la porte. D'un dernier cri rageur, il lance à Vinton :

— Vous aurez des nouvelles de mon avocat !

— Vous aussi, réplique le photographe avec froideur quand Reese sort, suivi des filles.

Les jeunes enquêtrices accompagnent le styliste

jusqu'à son bureau. Elles pénètrent dans une pièce luxueuse où M. Reese les invite à s'asseoir.

— Quand je pense qu'Arnaud Hans a copié mes modèles... gémit-il. Dans le métier, on a toujours été rivaux... mais de là à faire du plagiat !

— Arnaud Hans est un jeune créateur new-yorkais ? questionne Bess.

— Hans ? Jeune ? Pas du tout ! Il est bien plus vieux que moi ! Il a les cheveux tout blancs ! Ça fait des décennies qu'il est connu ici...

— Qui a vu votre collection de printemps avant tous ces incidents ? lui demande Alice.

— Très peu de personnes.

— Qui ?

— Chris Chavez, entre autres.

— Chris Chavez ? s'étonne Alice. Je croyais qu'une collection ne devait être photographiée qu'après avoir été présentée au public.

— Chris n'a pas pris de photos. Comme c'est un très bon ami, je lui ai montré quelques modèles.

— Qui d'autre a vu vos créations ? interroge Marion.

— Trois ou quatre personnes qui travaillent pour moi. Mais j'ai complètement confiance en elles.

Il regarde sa montre.

— Et maintenant, excusez-moi : j'ai plusieurs rendez-vous importants.

Le couturier reconduit les filles à la porte.

— Je crois qu'on l'a un peu vexé en soupçonnant quelqu'un de son entourage, confie Marion à Alice quand elles sortent.

— Non, à mon avis, il est juste bouleversé par tous ces événements, déclare Bess.

— En tout cas, il ne nous aide pas à éclaircir son affaire, fait observer Alice. Il faut qu'on infiltre Milington et Chalmers...

— Mais comment ?

— Je vais travailler pour eux ! Un petit job, quoi ! C'est le seul moyen que j'ai d'obtenir des renseignements, de l'intérieur.

Les cousines doivent admettre que l'idée d'Alice est bonne.

— Tu sais prendre des notes ? s'informe Bess.

— Oui, je crois.

— Taper à l'ordinateur ?

— Pas très vite, mais je me débrouille. Et vous, vous savez faire quoi ?

— Hein ? Il faut qu'on se déniche un job, nous aussi ?

— Évidemment. Je ne pourrai pas travailler à deux endroits à la fois.

— C'est sûr... On peut toujours essayer. Cherchons d'abord dans l'annuaire les adresses de Millington et Chalmers. Bien, les voilà... Je les note.

Pendant qu'elles discutent, les filles entrent dans le fast-food le plus proche.

Quand elles arrivent au comptoir, elles commandent trois cheeseburgers et trois milk-shakes.

Elles emportent les plateaux vers une table libre.

— Tu crois vraiment qu'on va nous embaucher ? demande Marion.

— On est à New York ! Je suis sûre que Millington et Chalmers ont des tas de jobs à offrir ! assure la détective en mordant dans son sandwich. Et puis si on ne décroche pas de boulot, on changera de plan.

Les cousines approuvent. Pendant le repas, elles feuillettent les journaux.

— Regardez, lance Bess, il y a une rubrique « emploi » dans le *New York Times*.

Avec son index, elle parcourt les offres.

— Alice, tu avais raison, annonce-t-elle. Toutes les grandes enseignes de mode ont des jobs à pourvoir ! Y compris Millington et Chalmers !

Quand elles ont fini leur déjeuner, les trois amies se lèvent et se dirigent vers la sortie.

À ce moment, quelqu'un ouvre la porte du restaurant et la tient pour laisser entrer une femme en fauteuil roulant.

À travers la porte ouverte, Alice entend deux hommes discuter dans la rue :

— Hey ! Chris Chavez ! Comment vas-tu, mon vieux ?

— Très bien, Sam. Excuse-moi si je ne m'arrête pas pour te parler : je suis horriblement pressé.

Alice regarde la scène avec stupéfaction. Le deuxième homme, un grand brun, a répondu au nom de Chris Chavez... pourtant, ce n'est pas le photographe qu'elle connaît !

Il hèle un taxi. Entre-temps, le fauteuil roulant continue à bloquer la porte et les filles doivent attendre. Alice se mord la lèvre.

« Pourvu que je puisse sortir assez vite pour parler à ce type ! » se dit-elle.

Cet homme brun est-il vraiment Chris Chavez ? Mais alors, qui est le prétendu photographe, l'ami de Jackie ?

Marion, qui a elle aussi entendu la conversation, tire son amie par la manche.

— Pas possible... chuchote-t-elle. Maintenant, on a deux imposteurs dans notre affaire !

Finalement, la femme en fauteuil roulant franchit la porte. Les filles se précipitent dehors, mais, au même instant, l'homme brun monte dans un taxi qui s'est rangé le long du trottoir. Avant que le trio puisse le rejoindre, le véhicule démarre !

— On fait quoi, maintenant ? se lamente Bess.

— On suit notre plan, répond Alice. Allez, on tire à pile ou face : face, Chalmers, c'est pour vous ; pile, c'est pour moi.

Quelques minutes plus tard, la détective part seule vers la société Millington, tandis que Bess et Marion prennent un bus pour se rendre chez Chalmers. Quand les cousines atteignent le bâtiment administratif de ce grand magasin, elles constatent que le hall ressemble à celui du studio Zanzibar : des couvertures de catalogues de mode sont accrochées aux murs dans des cadres dorés. Mais ici, des colonnes en marbre créent une atmosphère de luxe.

— J'ai le trac, confie Bess en s'approchant du bureau du personnel.

Une jolie femme qui porte des lunettes à épaisse monture les accueille avec un sourire.

— Ah ! vous venez pour les jobs de secrétaire, c'est ça ?

— Oui, pour vos offres dans les journaux ! réplique Marion avec aplomb.

— Parfait. Suivez-moi.

Elle les conduit à une table et leur demande de remplir chacune un dossier de candidature. Puis, après un bref coup d'œil aux formulaires, elle emmène les deux cousines dans une pièce où se trouvent un bureau et un ordinateur.

— Je vais vous faire passer un test, explique-t-elle. Je voudrais que vous tapiez quelques pages de ce rapport. D'après votre C.V., je vois que vous n'avez aucune expérience en secrétariat...

— Euh... oui... enfin, non... marmonne Bess, incertaine.

— Ça ne fait rien. J'aime donner leur chance aux jeunes, poursuit la chef du personnel. Si vous réussissez ce test, on passera au suivant.

« Au suivant ? » pensent les filles, anxieusement. Combien d'obstacles faudra-t-il surmonter avant d'être engagées ?

— Qui commence ?

Marion se propose, mais son assurance s'évanouit d'un coup quand elle regarde l'épais document qu'elle est censée taper proprement.

— Je vais fermer la porte, vous serez plus tranquille.

Pendant un moment, Marion reste comme figée devant l'ordinateur. Puis, posant ses doigts sur le clavier, elle tape quelques mots avec lenteur et concentration. Peu à peu, elle prend de la vitesse. Ce n'est qu'en arrivant en bas de la page qu'elle se rend compte de ce qu'elle a fait. Par erreur, elle a tapé la plus grande partie du texte en majuscules !

— Oh ! Non ! s'écrie-t-elle, horrifiée. C'est complètement raté !

Elle efface les trois quarts du texte et se dépêche de rattraper le temps perdu.

À ce moment, la porte s'ouvre.

— Comment ça va ? questionne aimablement la femme.

— Assez mal, admet Marion en repoussant sa chaise.

— Vous n'abandonnez pas, quand même ?

Marion n'aime pas passer pour une dégonflée, mais elle comprend qu'elle n'est pas assez qualifiée pour un poste de secrétaire. Pas plus que Bess, d'ailleurs. Entre-temps celle-ci a feuilleté des magazines, y compris le catalogue de Chalmers.

Se rappelant la page que Richard Reese avait arrachée d'un autre exemplaire, elle la cherche et examine de nouveau les jolies robes. Voyant la chef du personnel sortir du bureau avec Marion, elle a une idée.

— Ces photos sont magnifiques, lance-t-elle à la femme. Vous savez qui les a prises ?

L'autre regarde le catalogue.

— La plus grande partie de cette collection, y compris ces deux modèles, a été photographiée par Chris Chavez. Il a un talent fou, vous ne trouvez pas ?

Bess acquiesce, aussi stupéfaite que Marion. Chris Chavez, l'ami intime de Richard Reese, serait-il de mèche avec les voleurs ?

chapitre 11

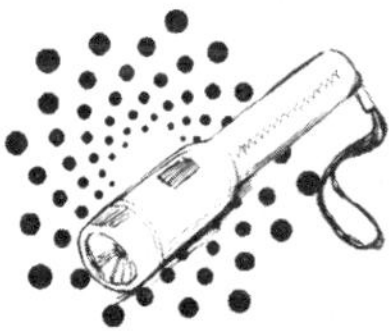

Prisonnière !

Entre-temps, chez Millington, Alice a rempli une demande d'emploi. Quand le directeur, M. Tannen, la lit, il lance à la jeune fille un regard curieux.

— Alors vous voulez travailler chez nous, hein ? Vous ne seriez pas plutôt ici pour espionner, mademoiselle Roy ?

Surprise par cette remarque cinglante, la détective décide de dire la vérité.

— Je peux vous parler en privé ? demande-t-elle en jetant un regard vers une secrétaire assise tout près.

Celle-ci fait semblant de ne pas écouter, mais Alice voit bien que la conversation l'intéresse beaucoup.

— Suivez-moi, dit le directeur.

Il la conduit dans un petit bureau.

— Je sais que vous avez remplacé Jackie Henry au gala, l'autre soir... et que Richard Reese vous a chargée de retrouver la personne qui a volé ses modèles. Comme vous voyez, les nouvelles circulent vite dans le milieu de la mode.

— C'est sûr ! reconnaît la jeune fille. Expliquez-moi une chose : comment des copies des vêtements de Reese se sont-elles retrouvées dans votre catalogue ?

— Aucune idée.

— Vous admettez donc que ces robes de Millington sont des copies de celles de Richard Reese ?

— Je n'admets rien du tout. D'ailleurs, la marque « Reese » n'apparaît sur aucun de nos articles. Du coup, ils coûtent cinq fois moins cher !

« Voilà un indice intéressant, se dit Alice. Tannen a raison : sans le sigle " Reese ", ces habits ont beaucoup moins de valeur... Le voleur ne cherche donc pas à gagner de l'argent... ce qu'il veut, c'est la ruine de Richard Reese ! »

— Qu'est-ce que vous attendez de moi ? demande enfin le directeur de Millington.

— Que vous m'engagiez. Ça me permettra de rencontrer vos employés.

Il y a un long silence.

— Qu'est-ce que vous savez faire ? s'informe M. Tannen en soupirant.

Pendant qu'il parle, la détective a l'impression que quelqu'un écoute à la porte puis s'éloigne.

— J'accepterais n'importe quel travail. Tout ce que je veux, c'est être en contact avec votre personnel.

— Dans ce cas, je vous propose d'assister une modéliste. Vous pouvez commencer demain. Entre-temps, je vais vous présenter à quelqu'un qui vous enseignera quelques bases.

Tannen la conduit dans un atelier sans fenêtre où se trouvent une grande table, des glaces, des planches à repasser et des tringles où pendent des vêtements étiquetés. Dans un coin se dresse un petit bureau.

— Attendez ici un instant, dit le directeur en fermant la porte.

Alice contemple les robes. Taillées dans un coton grossier, elles sont assez mal cousues. Contrairement aux vêtements du catalogue de Chalmers, ceux-ci paraissent de mauvaise qualité.

La jeune fille se dirige vers une chaise au fond de la pièce et s'assied. Soudain, les lumières s'éteignent, la plongeant dans une obscurité complète.

L'instant d'après, elle entend du bruit dans le couloir. Des portes claquent, des gens crient. On a l'impression que tout l'établissement est saisi de panique.

« C’est sûrement une panne de courant, se dit Alice. Je ferais bien de sortir d’ici ! »

À tâtons, elle se fraye un chemin à travers la pièce, essayant d’éviter le présentoir à vêtements, mais elle se cogne contre un coin de table.

— Aïe ! crie-t-elle en se frottant la hanche.

Ensuite, elle hésite à chaque pas. Finalement, elle atteint la porte et cherche la poignée. Elle essaie de la tourner. Son cœur se met à battre plus vite... Alice lâche la poignée, pétrifiée : la porte est fermée à clé !

Des dizaines de questions se pressent dans sa tête. Quelqu’un l’a-t-il enfermée exprès ? M. Tannen, peut-être... Cela s’est sans doute produit après la coupure d’électricité, quand tout ce bruit a commencé, sinon elle aurait entendu la clé tourner dans la serrure.

« Qui d’autre sait que je suis dans cet atelier ? L’employée que Tannen était parti chercher ? Celle qui était censée m’enseigner les bases du stylisme ? »

Du poing, elle frappe contre la porte et appelle. Mais rien. Personne ne vient...

Entre-temps, chez Chalmers, Bess se débat avec son clavier d’ordinateur. Elle tape plus lentement que Marion, prenant garde à ne pas faire d’erreurs. Mais quand la chef du personnel revient, elle n’a recopié que la moitié du texte.

— C'est l'heure, dit la femme. Montrez-moi ce que vous avez fait.

Son sourire disparaît quand elle constate que Bess a rempli la moitié d'une page.

— C'est très propre, mais pour travailler ici, il faudra d'abord apprendre à taper plus vite.

— Oui... je comprends, bien sûr, marmonne la jeune fille, embarrassée.

Puis elle ajoute, pleine d'espoir :

— Il n'y a rien d'autre que je puisse faire ici ?

Marion a posé la même question.

— Je ne crois pas, mais je vais quand même aller consulter mon fichier.

Elle disparaît, laissant les cousines en tête à tête. Elle rentre peu après, un dossier à la main.

— L'une de vous a des notions de comptabilité ?

— Non, répondent les filles d'une même voix dépitée.

— Alors, je suis désolée. Je n'ai rien d'autre à vous proposer.

Pourtant, avant de partir, Marion décide de lui tirer davantage de renseignements sur le photographe.

— On a rencontré Chris Chavez l'autre soir à un défilé de haute couture, explique-t-elle.

— Ici à New York ? Vous êtes sûres que c'était Chris ?

— Oui. Pourquoi ?

— Parce qu'il faisait un *shooting* pour nous en Europe. Il n'est rentré à New York qu'hier.

Malgré leur surprise, les filles arrêtent là la conversation. Elles ne veulent pas se rendre suspectes. Après avoir remercié la jeune femme pour sa gentillesse, elles se mettent en route pour l'appartement de Jackie Henry.

— Dommage qu'on n'ait pas décroché de job chez Chalmers... commente Marion.

— Oui, du coup, je suis complètement déprimée, marmonne sa cousine alors que leur taxi s'arrête devant un immeuble portant le numéro 15.

— Allez, il y a au moins une bonne nouvelle : on a eu une info incroyable sur Chris Chavez !

— Une info qui ne prouve rien...

— Peut-être, mais elle rend toute cette affaire encore plus étrange...

Les cousines ouvrent la porte de l'immeuble. À leur droite se trouve une rangée de boîtes à lettres et un petit écran de contrôle intérieur. Devant elles, des portes automatiques et un interphone.

— Ils prennent vraiment toutes leurs précautions contre les voleurs ici, remarque Bess en appuyant sur le bouton « Henry / appartement 3-C ».

Une ou deux minutes s'écoulent. Pas de réponse. Marion sonne de nouveau. Toujours rien. Les filles en concluent que la top model est sortie.

— Je vais essayer encore une fois, décide Bess en gardant le doigt sur le bouton.

— Qui est là ? répond enfin une voix déformée par le haut-parleur.

— Jackie ?

— Qui ?

— Je cherche Jackie Henry, poursuit Bess.

— Il n'y a pas de Jackie Henry ici, affirme la voix, puis on raccroche.

Marion vérifie l'adresse. Elle est exacte ! Les filles lisent la liste des noms au mur : il y a un seul bouton au nom d'Henry.

— C'est peut-être l'interphone qui fonctionne mal ? suggère Bess.

Marion prend un air incrédule.

— Ça m'étonnerait... Je ne quitterai pas cet immeuble sans avoir rendu visite à l'appartement 3-C. Eh ! Regarde ! Il y a des gens dans le hall, ils sortent ! On va en profiter pour entrer.

Quand le couple ouvre les battants automatiques, les filles se faufilent à l'intérieur du bâtiment. Elles prennent l'ascenseur jusqu'au troisième étage et tournent à gauche, où le couloir fait un coude. Il n'y a pas de noms sur les portes. Marion est sur le point de sonner à celle du 3-C quand elle entend une voix d'homme filtrer à travers le bois.

— C'est ton boulot de garder Alice occupée, dit l'inconnu en avançant vers la porte.

— Il sort ! chuchote Marion. Filons !

Les cousines battent en retraite vers l'ascenseur. Elles entendent claquer la porte de l'appartement.

— Si on reste ici, il va nous voir ! Qu'est-ce qu'on fait ?

— Cachons-nous de l'autre côté...

Elle entraîne Bess dans la direction opposée à celle de l'appartement 3-C. Toutes deux tournent un autre coin de couloir et se pressent contre le mur.

Elles entendent les pas de l'homme s'approcher de l'ascenseur.

— Je vais jeter un coup d'œil ! déclare résolument Marion.

Et, pendant une seconde, elle avance la tête. Elle la retire aussitôt avec un cri étouffé.

Sa cousine tire impatiemment sur sa manche.

— Alors, qui c'est ?

— Chris Chavez !

— Lequel ? Le premier qu'on a vu ? Ou celui qui montait dans un taxi quand on sortait du restau ?

— Le premier ! L'ami de Jackie !

Les portes de l'ascenseur s'ouvrent. L'homme entre. Puis on n'entend plus que le bourdonnement de la cabine qui descend.

— Vite ! lance Marion. Il faut le suivre !

Les filles courent vers l'escalier. Elles dévalent les marches deux par deux, espérant que l'ascenseur s'arrêtera à un autre étage et retardera Chavez. Mais, quand elles atteignent le hall d'entrée, la cabine est vide. Pas la moindre trace du photographe. À toute vitesse, les deux enquêtrices sortent dans la rue et regardent à droite et à gauche : personne !

chapitre 12

De plus en plus suspect

— On l'a perdu ! s'écrie Marion, hors d'haleine.

Bess hausse les épaules.

— Tant pis. On retourne chez Cécile Roy raconter notre aventure à Alice.

— D'accord. Tiens, il y a justement un bus qui arrive. Si on court, on pourra l'attraper ! Vite !

L'autre gémit :

— Impossible ! Je suis complètement essoufflée !

Mais sa cousine ne l'écoute pas. Elle se précipite déjà vers le bus, Bess à la traîne. Les deux filles réussissent tout juste à se faufiler à travers la porte automatique avant que celle-ci ne se ferme.

— Tu es sûre que c'est la bonne ligne ?

— Non, mais je l'espère ! répond Marion avec un clin d'œil.

Pas de chance ! Elles découvrent bientôt qu'elles s'éloignent du quartier de la tante d'Alice. En plus, la nuit tombe et un froid vif envahit le véhicule.

— Il faut descendre au prochain arrêt...

Mais celui-ci se trouve dans un coin désert. Les deux passagères décident d'attendre la station suivante, en espérant qu'elle sera plus animée.

Là, elles prennent un taxi et arrivent en moins d'un quart d'heure. À leur grande surprise, elles découvrent que leur amie n'est pas encore rentrée.

— Je pensais qu'elle était avec vous ! s'exclame Cécile Roy quand elle voit que Bess et Marion ne sont pas avec sa nièce. Elle ne devrait pas se promener seule la nuit à New York...

Bess explique qu'Alice s'est rendue à la société Millington.

— Leurs bureaux sont sûrement fermés à cette heure, estime Cécile Roy, inquiète. Marion, passe-leur un coup de fil, s'il te plaît.

La jeune fille s'exécute aussitôt, mais personne ne répond.

— Il y a juste un répondeur automatique qui indique les horaires d'ouverture. La standardiste doit être rentrée chez elle.

— Tu es certaine d'avoir fait le bon numéro ?

interroge Bess en voyant l'expression angoissée de Cécile Roy.

— Bien sûr !

Alice a frappé à plusieurs reprises sur la porte, espérant que quelqu'un viendra la délivrer. Mais dans le vacarme qui a lieu à l'extérieur, personne ne l'entend. Au bout d'un moment, les cris et les bruits de pas s'arrêtent. Les bureaux se sont vidés et la détective reste seule dans l'atelier.

Elle traverse à tâtons la pièce obscure pour chercher le bureau, se cognant au passage contre le pied d'une planche à repasser.

« Il faut que je trouve un objet plat pour forcer la serrure ! » se dit-elle.

Elle ouvre un tiroir. Ses doigts rencontrent des crayons et des trombones. Finalement, elle trouve une petite boîte qui contient des fiches Bristol. Elle en prend une et, regagnant la porte, glisse le bout de carton dans la fente entre la porte et le chambranle. Elle le fait descendre lentement, essayant de le faire glisser par-dessus la gorge de la serrure, mais celle-ci se coince. Désespérée, Alice fait une nouvelle tentative : cette fois, la serrure cède !

Laissant tomber la fiche cartonnée, la jeune fille ouvre le battant et entre dans une petite pièce voisine. Elle trouve un interrupteur, appuie dessus, mais sans résultat. À travers la fenêtre elle voit qu'il y a de la lumière dans les bâtiments environnants.

« Alors la panne se limite à l'immeuble de Millington... réfléchit-elle. Je ferais bien d'appeler tante Cécile. »

À tâtons, elle retourne dans le bureau. Là, sur une table, ses doigts finissent par rencontrer un téléphone. Mais impossible de passer le moindre coup de fil : tous les appels semblent transiter par un standard qui est maintenant fermé.

Essayant de garder son sang-froid, Alice se dirige vers le couloir, les bras tendus pour éviter de se cogner.

« L'ascenseur est juste de l'autre côté, pense-t-elle. J'espère qu'il marche ! »

Quand ses mains atteignent les portes métalliques, elle cherche le bouton et le presse. Un léger bourdonnement lui indique que l'ascenseur fonctionne.

— Ouf ! soupire la détective quand elle pénètre dans la cabine.

En arrivant au rez-de-chaussée, elle trouve la porte d'entrée ouverte. Elle se précipite dehors et hèle un taxi. Quand elle atteint l'appartement de sa tante, elle se sent épuisée.

— Alice ! s'exclame Cécile Roy en la voyant. J'était morte d'inquiétude !

Une avalanche de questions s'abat ensuite sur la détective.

— On était sur le point de prévenir la police ! s'écrie Marion.

— Heureusement que vous ne l'avez pas fait !

Et Alice s'affale dans un fauteuil.

Elle raconte ses aventures aussi vite qu'elle peut, puis elle écoute le récit de ses amies.

— Vous avez fait du bon boulot, les filles ! conclut-elle. Cette info sur Chris Chavez est très précieuse ! Le vrai Chris est donc celui qu'on a vu aujourd'hui devant le restau !

— Mais alors, qui est le type qui s'est présenté le soir du défilé ? questionne Bess.

— On sait que c'est un ami de Jackie Henry et qu'il connaît son frère Ted, intervient Marion.

— Si je n'avais jamais entendu parler de ce Ted Henry, je me demanderais si Jackie ne l'a pas inventé de toutes pièces... marmonne Marion.

— Tu crois qu'elle nous aurait confié une fausse enquête pour empêcher qu'on se concentre sur le vol des modèles de Reese ?

— Possible... Mais en disparaissant avant le défilé, elle n'a fait qu'attirer l'attention sur elle...

— Exact, tout le monde s'est mis à la soupçonner.

— Surtout nous, précise Bess. Cette Jackie me paraît de plus en plus bizarre...

— Moi aussi, admet Alice, mais je suis trop fatiguée pour y penser ce soir. On réfléchira à tout ça demain matin, à tête reposée.

Mais avant qu'elle puisse aller se coucher, sa tante la prend à part.

— Et ce job que tu es censée avoir chez Millington ?

— Je retourne là-bas demain matin.

— Après tout ce qui t'est arrivé ? C'est une très mauvaise idée. Tu te rends compte qu'on t'a enfermée exprès ?

— Évidemment, mais je veux découvrir qui l'a fait et pourquoi !

Cécile Roy ne semble pas convaincue.

— C'est risqué... Promets-moi d'en parler d'abord à ton père.

— Je l'appellerai demain. Surtout ne t'inquiète pas !

Malgré sa fatigue, Alice dort assez mal cette nuit-là. À son réveil, le lendemain, elle a les paupières gonflées et du mal à garder les yeux ouverts. Elle entre dans la cuisine en bâillant.

— Voilà qui va te réveiller, dit Bess.

Elle pose un verre de jus d'orange et le journal du matin devant son amie.

Sirotant sa boisson, Alice jette les yeux sur un titre. Bess et Marion, qui l'observent, la voient sursauter.

Selon l'article, l'appartement de Russell Kaiser a été cambriolé la nuit précédente ! On ne donne aucune précision sur les objets volés, mais la détective se demande si le bandit a pris le médaillon. Et aussi, s'il y a un rapport entre le faux Kaiser et le cambriolage.

— Heureusement qu'on t'a accompagnée à New York, Alice ! plaisante Marion. Sinon tu serais obligée d'enquêter vingt-quatre heures sur vingt-quatre !

En riant, son amie sort un toast du grille-pain.

— C'est vrai... et j'ai l'impression que je vais encore devoir me démener aujourd'hui !

— Tu retournes chez Millington ?

— Oui. Je veux voir M. Tannen.

— Et nous ? questionne Marion.

— Si vous alliez rendre visite à Russell Kaiser ? suggère Alice.

— Lequel ? fait Bess en gloussant. Le vrai ou celui qui se fait passer pour lui ?

— Vous devriez aller à l'adresse indiquée dans cet article.

Cécile Roy, qui a dormi plus tard que d'habitude, apparaît sur le seuil. Sa présence rappelle à Alice leur conversation de la veille. Elle se dépêche donc de téléphoner à son père. M. Roy l'autorise à retourner chez Millington, mais lui recommande d'être prudente.

— Promis ! assure Alice.

Puis elle donne rendez-vous à Bess et à Marion dans un restaurant pour le déjeuner.

Une demi-heure plus tard, elle se présente à la

réception de Millington. Mais quand elle demande M. Tannen, on l'informe qu'il n'est pas là.

— Ah ? Il m'a engagée, hier, explique Alice à la standardiste.

Du coin de l'œil, elle voit une femme brune franchir précipitamment une porte. Tournant la tête, la détective aperçoit son visage avant qu'elle ne disparaisse. Ces longs cheveux bruns, ces grands yeux bleus... C'est Rosalind, la modéliste que M. Reese a renvoyée le soir du défilé !

Pendant ce temps, la standardiste passe un coup de fil et demande à quelqu'un de descendre à la réception.

Bientôt, une femme d'aspect strict, vêtue d'un tailleur en laine verte, apparaît.

— Voici Alice Roy, lui annonce la réceptionniste.

De nouveau, Alice demande à voir M. Tannen.

— Il ne travaille plus ici. Il a quitté Millington hier.

— Quitté ?

— Oui. Vous êtes une de ses amies ?

— Non, mais il m'a offert un travail ici.

— Il n'était pas qualifié pour le faire. C'est moi la directrice, maintenant.

Au ton extrêmement dur de son interlocutrice, Alice comprend qu'elle n'obtiendra pas le job que lui a promis M. Tannen. Elle adopte donc une autre tactique. Elle raconte sa mésaventure dans l'atelier.

— Je soupçonne qu'il y ait un rapport avec le vol des modèles de Richard Reese.

— Pff ! Quelle imagination ! s'écrie la nouvelle directrice. Vos ennuis d'hier étaient certainement accidentels. Je suis désolée pour vous, mais ça n'est pas une raison pour vous embaucher !

Comme il n'y a plus rien à dire, Alice s'en va. Déçue, elle prend l'ascenseur et descend au rez-de-chaussée. Dans le hall, elle remarque un homme qui franchit la porte principale du bâtiment.

Elle a l'impression de le connaître, mais sa tête est enfoncée dans une longue écharpe écossaise. La détective se dissimule derrière une colonne qui orne le hall. En attendant l'ascenseur, l'inconnu dégage son cou.

Alice sort un magazine de son sac et se cache derrière. Elle entend les portes de l'ascenseur s'ouvrir. L'homme à l'écharpe, ainsi que d'autres personnes, pénètrent dans la cabine en se tournant vers elle. Alors, elle le reconnaît : c'est l'ami de Jackie et de son frère Ted Henry, celui qui prétendait être Chris Chavez !

Alice demeure figée derrière son magazine. La porte de l'ascenseur reste ouverte une seconde de plus pour laisser entrer un retardataire. Puis elle se ferme et la détective voit s'allumer les chiffres lumineux indiquant la montée de la cabine. Il y a deux arrêts, dont l'un à l'étage où se trouve Millington !

Alice réfléchit un instant. D'après les informations récoltées la veille par Bess et Marion, l'homme à l'écharpe – l'ami de Jackie et Ted Henry – n'est pas Chris Chavez... mais il se fait passer pour lui. Que fait-il dans cet établissement ? Est-il mêlé au vol des modèles de Richard Reese ?

chapitre 13

Filature

Pendant qu'Alice fait cette étonnante découverte, Bess et Marion s'apprêtent à mener leur propre enquête.

— Deux imposteurs dans la même affaire, c'est quand même incroyable ! dit Bess à sa cousine. Heureusement que le faux Chris Chavez et le faux Russell Kaiser nous croient dupes !

Quand les filles arrivent à l'adresse de Russell Kaiser, le portier les informe qu'il a l'ordre de ne laisser entrer personne.

— La police est là, explique-t-il.

— Depuis combien de temps ? s'enquiert Marion.

Le jeune homme consulte sa montre.

— Une demi-heure environ, répond-il, mais ils resteront peut-être toute la journée... Il y a eu un cambriolage.

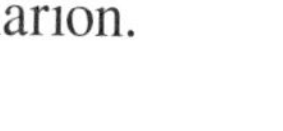

— Merci. Au revoir, dit Marion en entraînant sa cousine.

— On va où ?

— Quelque part d'où on pourra surveiller l'immeuble.

Les filles se dirigent vers un salon de thé, de l'autre côté de la rue.

— Pas mal, comme poste de surveillance ! déclare Bess en riant.

— Oui, mais défense de manger des gâteaux !

Le duo évite prudemment les plaques de verglas qui se forment sur le trottoir. Marion brosse de la main les flocons de neige qui tombent sans arrêt sur la manche de son manteau.

— Quel sale temps ! se plaint-elle. Comment enquêter si à chaque pas on risque de se casser une jambe ?

— Arrête de râler, réplique Bess alors qu'elles pénètrent dans la boutique. De toute façon, on sera peut-être obligées de passer la journée ici.

— Il faudrait quand même être sûres que M. Kaiser est chez lui. Je vais l'appeler ! Attends-moi ici.

Marion laisse sa cousine à une table près de la fenêtre. Quelques minutes plus tard, elle revient tout excitée.

— C'est une femme qui m'a répondu. Kaiser va sortir dans un instant !

Les filles se précipitent dehors. Le trottoir est

terriblement glissant et elles doivent avancer à tout petits pas. Bess longe les vitrines, cherchant des endroits non verglacés.

— Dépêche-toi ! lance Marion par-dessus son épaule avant de traverser.

Bess essaie de la rattraper, mais, soudain, elle patine.

— Vas-y ! Je te rejoindrai ! crie-t-elle.

Le feu passe au rouge et elle est obligée d'attendre. Elle regarde sa cousine contourner en glissant le coin de l'immeuble de Kaiser.

Marion réussit à ne pas tomber. Elle se dirige vers l'entrée où un homme chauve est en train de monter dans une voiture de police.

« C'est celui qui a acheté le médaillon à la vente aux enchères ! » pense-t-elle.

Bess la rattrape au moment où la portière du véhicule claque. Sa cousine se tourne vers elle.

— Ça y est ! J'ai compris ! s'écrie-t-elle. Le *vrai* Russell Kaiser, celui qui habite à cette adresse et que je viens de voir entrer dans une voiture de police, c'est le type qui a acheté le médaillon. Tu te souviens ? Le chauve.

L'autre acquiesce.

— Le *faux* Russell Kaiser, reprend Marion, c'est le blond au nez fin, celui qui s'est contenté de faire monter les enchères et qui a demandé à Alice de l'aider. Lui, c'est l'imposteur. C'est bien Pete Grover. Tu te rappelles ce qui était écrit sous sa fiche au commissariat ? « Recherché dans l'État de Californie pour fabrication de faux papiers d'identité » !

— Mais si c'est un escroc, pourquoi s'être présenté à nous ? questionne Bess.

Sa cousine ne sait quoi répondre. Toutes deux ont beau retourner le problème dans tous les sens, le mystère reste entier.

Pendant ce temps, Alice entre dans le restaurant situé en face de Millington. C'est là qu'elle a rendez-vous avec Bess et Marion pour déjeuner. Il est encore trop tôt pour que ses amies soient arrivées, mais Alice s'installe à une table près de la fenêtre. Elle espère qu'elle verra l'homme à l'écharpe, le faux Chris Chavez, ressortir de l'immeuble.

Le verglas ralentit considérablement la circulation. Maintenant, un bus empêche la détective de voir l'entrée de l'immeuble de Millington.

« Et si je le rate ? » s'inquiète Alice, alors que le véhicule avance centimètre par centimètre.

Elle tend le cou pour regarder le long du trottoir, mais elle ne voit personne qui ressemble au faux Chris Chavez. Plusieurs interminables minutes s'écoulent. Enfin, l'homme paraît ! Dès qu'il est sorti de l'immeuble de Millington, il tourne la tête de droite à gauche comme s'il attendait quelqu'un.

« Jackie, peut-être ? Ils avaient l'air d'être proches... » se dit Alice.

À cet instant précis, un autre bus s'arrête en face d'elle.

« Oh, pourvu qu'il redémarre bientôt ! Je dois absolument surveiller ce type ! »

À son grand soulagement, le véhicule se remet en mouvement et elle constate que l'imposteur est encore là. Il parle à quelqu'un. La jeune fille sursaute.

— Mais c'est Pete Grover, le faux Russell Kaiser ! Le type qui a fait monter les enchères sur le médaillon ! marmonne-t-elle entre ses dents. *Très* intéressant ! Il faut que je les suive !

Elle décide de laisser un message pour ses amies et de prendre les deux hommes en filature.

— Vous pourrez demander à Marion Webb et Bess Taylor de m'attendre, s'il vous plaît ? demande Alice à la serveuse.

Puis elle relève le col de son manteau et sort avec précaution sur le trottoir gelé. Elle suit les deux suspects autour du pâté de maisons. Là, ils disparaissent dans un magasin de tissus appelé Belini.

Par la vitrine, la jeune fille les voit descendre un escalier au fond de la boutique. Elle y pénètre à son tour, remarquant au passage les rouleaux de tissus multicolores.

Une pancarte indique que les fournitures de couture et les bureaux de la société Belini se trouvent au sous-sol. Alice suit la flèche. Tout en descendant, elle examine les clients en bas. Pas de trace des hommes qu'elle a suivis ! À l'évidence, ils sont entrés dans le bureau.

La détective s'approche d'une table encombrée de catalogues d'échantillons. Elle en feuillette un, levant de temps en temps les yeux pour guetter les deux imposteurs.

— Excusez-moi, dit soudain une femme.

Alice n'a pas remarqué que, debout près d'elle, une cliente attend le catalogue.

— Vous avez terminé avec celui-ci ? demande-t-elle.

— Euh... oui, bien sûr...

À ce moment, des voix d'hommes filtrent à travers la porte ainsi que le bruit de classeurs qu'on ouvre et qu'on ferme.

Le bureau se trouve dans un renfoncement. À côté, se dresse une colonne d'étroits meubles métalliques contenant toutes sortes de boutons. Sans se faire trop remarquer, la détective se cache derrière eux. Maintenant, elle entend mieux la conversation. Tout de suite, elle reconnaît la voix du faux Chris Chavez.

— Je n'ai que quelques questions à vous poser, monsieur Belini, dit l'ami de Jackie.

Pour mieux entendre, Alice se penche en avant, mais à cet instant, quelqu'un s'approche du meuble, ouvre un tiroir et se met à fourrager bruyamment dans un assortiment de boutons. Aussitôt, Alice fait semblant de s'intéresser à des bandes de tissu pendues derrière elle. Puis, entendant le tiroir métallique se refermer, elle reprend sa place.

Cette fois, c'est un autre homme qui parle. Alice croit l'entendre prononcer le nom de Rosalind, mais ensuite il baisse la voix.

« C'est pas vrai... Je n'entends plus rien... » se dit Alice.

Elle est tentée de quitter sa cachette et de se rapprocher de la porte. Mais si on la surprenait ?

« Je ne peux pas prendre ce risque », conclut-elle.

Elle s'appuie sur la pile de casiers métalliques pour mieux tendre l'oreille. Mais, sous la pression de ses mains, le meuble instable plonge en avant. Plusieurs tiroirs s'ouvrent, déversant une pluie de boutons !

La jeune fille essaie de redresser le présentoir, mais ses doigts glissent et tout l'assemblage s'écrase sur le sol avec fracas !

chapitre 14

L'enquête avance

Des centaines de boutons se répandent sur le sol. Trois hommes se précipitent hors du bureau. Le cœur battant, Alice se recroqueville au fond du renfoncement.

— Pour la énième fois, quelqu'un a renversé ce meuble ! se plaint Belini. Ce système de rangement est nul. Il faudra le changer. Ces casiers sont tellement branlants qu'ils dégringolent au moins une fois par semaine !

Tandis que Belini rouspète, deux employés entreprennent de ramasser les boutons. Les triant au fur et à mesure, ils les remettent dans leurs tiroirs respectifs tandis que les trois hommes retournent dans le bureau. Après avoir terminé leur besogne, les employés remontent au rez-de-chaussée. Alice peut enfin se détendre et reprendre sa position derrière le meuble. Cette fois, elle évite soigneusement de le toucher !

— Vous êtes un des plus gros fournisseurs de New York ! affirme le faux Chris Chavez.

Belini répond quelque chose qu'Alice ne peut comprendre. Puis il ajoute d'une voix plus forte :

— Je ne peux rien vous dire de plus, monsieur Henry.

« *Monsieur Henry* » ! Alice ne peut en croire ses oreilles. Le faux Chris Chavez serait-il en réalité Ted Henry, le frère de Jackie ?

Une foule de questions se presse dans la tête de la détective. Pourquoi toute cette comédie ? Et quel est le lien entre Ted Henry et le faux Russell Kaiser, alias Pete Grover ?

Ted est reporter... il enquête peut-être sur la même affaire qu'Alice, le vol des dessins de mode ? Est-ce que le vol a un lien avec la vente aux enchères du médaillon ?

Alice écoute toujours. Les deux hommes posent d'autres questions. Ils veulent savoir si Belini entretenait des relations avec la société Millington !

La jeune fille n'entend pas la réponse, car plusieurs clients descendent l'escalier et discutent d'un choix de couleurs. Mais ensuite, ils se taisent un bon moment, ce qui permet à Alice de saisir la phrase suivante :

— Vous avez vendu du tissu à Millington ? interroge Ted Henry.

Belini grogne quelques paroles incompréhensibles.

Puis Alice entend Ted demander au commerçant s'il a vendu des fournitures à Rosalind

— Bien sûr. Et alors ? Elle aime coudre, répond l'autre.

On le sent sur la défensive. Puis soudain, Ted et Pete Grover sortent du bureau. Alice reste cachée jusqu'à ce qu'ils atteignent le haut de l'escalier. Ensuite, elle entend de nouveau la voix de M. Belini.

— Ted Henry sera à la fête des Cristaux de Glace demain soir, affirme-t-il.

Il y a le déclic d'un combiné qu'on raccroche. De toute évidence, Belini a appelé quelqu'un. Alice tend l'oreille mais plus aucun son ne sort du bureau. Elle décide alors qu'il sera plus intéressant de continuer à filer les deux autres hommes. Elle monte rapidement l'escalier et sort.

Elle parcourt la rue des yeux, mais aucune trace de Ted Henry ni de son compagnon.

« Ils ne peuvent pas être allés très loin avec ce verglas, pense Alice. Ils ont sûrement pris un taxi. »

Déçue, elle retourne au restaurant, enfonçant ses talons dans la glace pour éviter de glisser. En chemin, elle achète un journal. Quand elle arrive, elle constate que Bess et Marion ne sont pas là.

Voyant Russell Kaiser partir dans la voiture de police, les cousines en déduisent qu'il se rend au commissariat local pour établir une déclaration concernant le cambriolage de son appartement.

— On devrait y aller, nous aussi, suggère Marion, ce sera peut-être l'occasion de lui parler.

Les filles demandent l'adresse au portier. Celui-ci la note sur un bout de papier, puis il ajoute :

— Ce n'est pas le moment d'embêter ce pauvre M. Kaiser. Il est très préoccupé par ce vol.

— Bien sûr, répond Marion. On veut juste lui dire quelques mots. On sera peut-être même capables de l'aider.

Le portier hausse les sourcils, mais avant qu'il puisse questionner les cousines, elles ont déjà déguerpi avec un sourire mystérieux.

En arrivant au poste de police, elles ne voient l'homme chauve nulle part. Se renseignant au comptoir, elles apprennent qu'il est avec le commissaire, mais n'en a pas pour longtemps. Elles s'asseyent donc pour l'attendre.

— Alice a dû finir son déjeuner... et peut-être le nôtre ! murmure Bess à sa cousine.

— Tout ce que j'espère, c'est qu'elle sera encore là. Si Millington ne lui accorde qu'une demi-heure à midi, elle sera déjà repartie.

L'apparition de Russell Kaiser met fin à leur conversation. Les filles bondissent sur leurs pieds.

— Monsieur Kaiser ? lance Marion comme l'homme vient vers elles.

Il s'arrête, surpris.

— Vous vous souvenez de nous ? On s'est rencontrés à la salle des ventes Speers l'autre soir, précise Bess.

— Ah oui, fait Kaiser. Vous étiez avec la jeune fille qui a enchéri sur le médaillon.

— Oui. On a lu dans le journal que vous aviez été cambriolé et on se demandait si on vous avait aussi volé ce bijou.

— Vous m'avez suivi jusqu'ici pour me demander ça ? s'écrie l'autre, incrédule.

— On est détectives, explique Bess.

— Détectives amateurs, ajoute Marion. Vous avez une minute à nous accorder ? On possède quelques renseignements qui pourraient vous intéresser.

Kaiser hausse les épaules.

— Bon. Allez-y...

Sans trop en révéler sur l'énigme, les cousines expliquent pourquoi elles attachent tant d'importance au fameux médaillon.

— Il est possible que l'autre enchérisseur soit votre cambrioleur, déclare Marion. Ce type est un imposteur, il a voulu se faire passer pour vous.

— Et surtout, il avait l'air bien décidé à obtenir le bijou, complète Bess.

— Au point de me le voler ? interroge Kaiser, une lueur étrange dans les yeux.

— Exact !

— Écoutez, jeunes filles, je vous remercie pour ces indices, mais je crains que vous ne soyez sur la mauvaise piste. Le voleur a tout pris *sauf* le médaillon. Il a dû juger qu'il était sans valeur !

Les amies d'Alice sont déçues.

— Ah... Bon... Dans ce cas, votre rival aux enchères n'est pas le cambrioleur, conclut Marion. Je ne comprends toujours pas pourquoi il s'est fait passer pour vous quand on lui a parlé...

— Aucune idée, répond M. Kaiser. Et, franchement, je m'en moque. Maintenant, excusez-moi, mais j'ai d'autres affaires à régler.

Là-dessus, il s'en va précipitamment. Les cousines, à leur tour, quittent le commissariat et se dirigent vers le restaurant. À leur grand soulagement, Alice est toujours là. Elle finit de déjeuner.

— On avait peur que tu sois partie, dit Bess en s'asseyant. Et ton travail à Millington ?

— Je n'ai pas de travail, réplique la détective en piquant une feuille de laitue sur sa fourchette. Par contre, j'ai beaucoup de nouvelles à vous annoncer.

Elle leur raconte ses rencontres, les conversations qu'elle a surprises et leur fait part de ses soupçons.

— Je suis sûre que Chris Chavez... enfin, *Ted Henry,* a essayé de se débarrasser de moi en m'indiquant une autre énigme.

— Le mystère des salles des ventes aux enchères qui refourguent de faux bijoux... murmure Marion en hochant la tête. Mais pourquoi ?

— Parce qu'il ne voulait pas que je m'occupe de l'affaire des modèles de Reese.

— Et Jackie était dans la combine... Alors son histoire d'enlèvement était du bluff !

— Pas forcément, réplique Alice. Le jour du défilé, elle croyait peut-être vraiment que son frère avait disparu. Sinon, pourquoi n'est-elle pas venue au gala ? Il est possible que quelqu'un ait fait croire à Jackie que Ted avait été kidnappé. Quelqu'un qui avait intérêt à l'éloigner assez longtemps pour pouvoir voler les robes de Reese !

Toutes trois restent songeuses. Au bout d'un moment, la détective demande :

— Et vous, alors, les filles ? Vous avez fait des découvertes intéressantes ?

Bess et Marion racontent leurs aventures du matin.

— Je suis contente pour M. Kaiser que le médaillon n'ait pas été volé, commente Alice. Et ça prouve que Pete Grover, l'imposteur qui se faisait passer pour lui à la vente aux enchères, n'est pas le voleur !

Marion approuve de la tête, puis elle ajoute :

— Pourtant, Grover a un casier judiciaire : il est recherché pour faux papiers d'identité ! Je n'y comprends rien.

— Moi non plus, admet Alice.

— Et pourquoi se faire passer pour Russell Kaiser ? interroge Bess.

— Réfléchissons... On sait que Pete Grover et Ted Henry sont amis, puisque je les ai vus ensemble ce matin entrer chez Belini. Ils sont sûrement aussi complices ! Tous les deux ont décidé de nous mettre sur une fausse piste et ils ont choisi cette histoire de médaillon. Pete a juste eu à faire quelques recherches. Il s'est documenté sur les Kaiser et leur blason.

— Puis, ils ont fait croire à Jackie que Ted avait été enlevé, en lui envoyant une lettre avec le symbole de la tête de lion, ajoute Bess.

— Mais alors, toute cette histoire de ventes aux enchères frauduleuses... commence Marion.

— ... était simplement un stratagème pour nous empêcher de nous occuper de l'affaire de Richard Reese ! conclut la détective avec un soupir. Quoi qu'il arrive, on ne doit pas montrer à Ted ou à Jackie qu'on a vu clair dans leur jeu !

— Ça ne sera pas trop difficile, affirme Bess

avec un petit sourire. Leurs manigances sont tellement compliquées !

— Et demain soir, on pourra peut-être boucler notre enquête ! annonce Alice.

chapitre 15

Une mauvaise plaisanterie

Marion et Bess regardent leur amie d'un air surpris.

— Qu'est-ce que tu veux dire ? questionne Bess.

— On va à la « fête des Cristaux de Glace »...

— La fête de quoi ?

Alice rit, puis elle répète aux cousines la conversation téléphonique de M. Belini.

— Ted Henry y sera. Il a sûrement une bonne raison ! J'ai l'impression qu'on peut y découvrir un indice.

— Elle a lieu où, cette fête ? s'enquiert Marion.

— Je ne sais pas. Mais en revenant de la boutique Belini, j'ai acheté un journal. Regardons s'il en parle.

La détective l'ouvre à la page « mode » et le tend à ses amies.

— « La fête des Cristaux de Glace, lit Bess à haute voix. L'événement le plus important de l'année. Tous les couturiers y seront représentés. Entrée : deux cent cinquante dollars. Réservation obligatoire ».

— Deux cent cinquante dollars ? répète Marion. Qui peut se permettre des billets aussi chers ?

Alice glousse.

— Des tas de gens, affirme-t-elle.

— Peuh ! Seulement les riches, maintient Bess. Et peut-être Mlle la duchesse Alice Roy.

— Mais non ! Je suis persuadée qu'on pourra y aller sans débourser un sou.

— Oui, si on entre en douce...

— De toute façon, c'est le genre de fête où il faut être habillée en tenue de soirée, objecte Marion, et moi j'ai renversé de la sauce sur la robe que je portais à l'hôtel l'autre soir...

— Tu vois bien que c'est fichu, Alice, conclut Bess.

— Pas du tout ! réplique son amie en souriant. Vous verrez, on sera les filles les plus remarquées de la fête dans les trois robes les plus belles. Allez, venez !

Les amies règlent l'addition et sortent. La détective prend la tête du petit groupe. Des camions ont répandu du sel sur la chaussée et les trottoirs. Bess peut donc marcher au même pas que les autres, sans glisser sur ses semelles lisses.

— On va où ? demande-t-elle à Alice.

— À l'atelier de Reese, bien sûr !

— Oh là là ! J'espère que Reese sera de meilleure humeur que la dernière fois ! commente Marion.

— Moi aussi, ajoute Alice, et pour une raison bien précise : je voudrais le persuader de nous emmener à la fête des Cristaux.

Au grand soulagement des filles, le couturier s'est calmé. Il paraît même particulièrement heureux.

— Je viens de recevoir de très bonnes nouvelles ! leur annonce-t-il quand elles se sont assises dans son bureau. Zoé Babbitt a décidé d'acheter *tous* les modèles que vous avez présentés l'autre soir, Alice. Vous vous rendez compte ? *Tous !*

— Bravo ! répondent ses visiteuses en chœur.

— Même si la plupart des dessins ont été plagiés par un autre couturier, ça lui est égal. Elle dit que mes modèles sont *inimitables* !

— C'était donc inutile de vous tracasser autant, observe Marion.

— Eh bien, je ne sais pas encore comment réagiront mes autres clientes. Mais je suis déjà content de savoir que je n'ai pas perdu Mme Babbitt.

— Elle viendra à la fête des Cristaux ? s'enquiert Alice.

— Bien sûr. Elle portera sans doute une de mes

créations d'hiver. Mais dites-moi plutôt pourquoi vous êtes venues me rendre visite... Vous avez du nouveau à m'apprendre ?

Alice sourit.

— On a fait quelques petites découvertes, mais il est trop tôt pour en parler, répond-elle.

— Comment ça, « trop tôt pour en parler » ? Dites-moi ce que vous avez découvert ! insiste-t-il.

— Je vous le répète : je ne peux pas encore vous le dire.

— Pas encore me le dire ? s'indigne l'autre. Mais c'est moi qui vous ai...

— Monsieur Reese, intervient Marion, on doit vraiment garder tout ça secret – au moins pour le moment !

— On conclura peut-être notre enquête demain soir, ajoute Bess.

Sautant sur l'occasion, Alice explique au styliste que ses amies et elle doivent absolument assister à la fête des Cristaux.

— C'est assez facile à organiser, mais à une condition... marchande Richard Reese. Que vous me disiez tout !

— C'est promis, réplique la détective en souriant, mais après la fête.

Le créateur proteste avec irritation, mais finit par accepter de leur procurer des invitations.

— Et vous avez l'intention de porter quoi, comme tenues ? s'enquiert-il.

— Un jean et un tee-shirt, répond Alice.

— Moi, la robe que j'ai tachée l'autre soir, embraye Marion.

— Quoi ? hurle Richard Reese, manquant de s'étouffer. Vous êtes folles ! Cette réunion est très sélecte ! Il est hors de question que je sois accompagné de trois jeunes filles aussi mal habillées !

Il va à la porte et dit à sa secrétaire :

— Envoyez-moi Rosalind !

Alice est surprise d'entendre ce prénom. Le styliste a donc réengagé Rosalind, qui était partie travailler chez Millington après son renvoi.

« Heureusement que je n'ai rien révélé à Reese de mes dernières découvertes ! » se félicite la détective.

Rosalind apparaît bientôt. Au salut des filles, elle répond par un signe de tête silencieux, puis elle se tourne vers son patron.

— Vous avez besoin de moi, monsieur Reese ?

— Oui. Vous vous souvenez de Mlle Roy ?

— Bien sûr, murmure la modéliste.

Alice l'observe le plus discrètement possible : elle a le visage plein de petites rides et des yeux cernés. Sa peau blême lui donne un air malade.

M. Reese lui demande d'apporter plusieurs robes.

— Une pour chacune des filles... précise-t-il.

Sans s'informer de leur taille, la femme examine les amies de la tête aux pieds, puis sort du bureau.

— Elle est fantastique, commente le couturier. Un coup d'œil, et elle connaît toutes vos mensurations !

— Je croyais que vous l'aviez renvoyée ! ne peut s'empêcher de dire Alice.

— C'est vrai, mais elle est revenue.

— Comme ça ? D'elle-même ?

— Je ne me suis pas traîné à ses pieds, si c'est ça que vous insinuez...

La détective fait semblant de ne pas avoir entendu : Rosalind réapparaît avec des vêtements de soie, de taffetas et de velours.

— Parfait ! approuve Richard Reese. Et maintenant, aidez ces jeunes filles à s'habiller.

— Oh ! Celle-ci est splendide ! s'écrie Bess, fascinée par une robe en taffetas bleu à volants. Je peux l'essayer ?

Rosalind conduit déjà les visiteuses vers une rangée de cabines.

— Évidemment, dit-elle.

Pendant qu'Alice et Marion font leur choix, Bess essaie péniblement de remonter sa fermeture Éclair.

— J'aurais pourtant juré que cette robe vous irait, lui dit la modéliste en la comprimant dans le vêtement.

— Je suis flattée... L'ennui, c'est que je n'arrive pas à respirer !

— Je peux arranger ça... déclare Rosalind en tapant des doigts sur son menton.

— Vraiment ? Tout de suite ?

En réponse, la modéliste descend d'un coup la fermeture Éclair. Bess pousse un soupir de soulagement.

— Comment ça va, vous deux ? crie-t-elle joyeusement à ses amies.

— Très bien... répondent Alice et Marion.

Mais, en fait, elles ont des problèmes similaires. Tous les modèles sont trop étroits, surtout celui de Marion.

Le fourreau de soie qu'elle a choisi lui moule les hanches, l'obligeant à faire de tout petits pas.

— Je n'attraperais jamais un voleur, habillée comme ça ! plaisante-t-elle en passant sa tête dans la cabine d'Alice.

— Moi non plus ! répond cette dernière en pouffant de rire.

Elle baisse les yeux sur les fronces bouffantes de sa robe.

— Il faudra que je reprenne tout ça, admet Rosalind en regardant les filles l'une après l'autre.

Ensuite, elle ajuste les vêtements sur elles, piquant des épingles dans les coutures.

— Aïe ! crie Bess quand l'une d'elles se plante dans sa peau à travers la fermeture Éclair.

— Faites attention, Rosalind ! gronde Richard Reese depuis son bureau. Après tout, ces jeunes filles sont mes détectives privées !

Là-dessus, la modéliste renverse une boîte d'épingles. Elle les ramasse avec des gestes nerveux et maladroits. Quand elle a terminé son travail, elle annonce aux trois amies que les robes leur seront livrées le lendemain, dans l'après-midi.

— Et pour les billets de la fête des Cristaux ?

— Pas besoin d'en acheter, assure Richard Reese. Je laisserai vos noms à l'entrée. La soirée se tient dans un hôtel proche de Central Park. Vous avez l'adresse, hein ? Eh bien, je vous verrai là-bas !

— Parfait ! répond joyeusement Alice. Et merci pour tout !

— Dommage qu'on ne puisse pas inviter Ned, Bob et Daniel... soupire Bess quand elles atteignent l'immeuble où habite Cécile Roy.

— Ce sera pour la prochaine fois, la réconforte Alice.

— La prochaine fois ? Je ne crois pas qu'il y en aura une... réplique l'autre avec une moue.

Mais le lendemain matin, quand le soleil brille sur la neige fraîchement tombée, la jolie blonde retrouve son entrain habituel.

— Pour être en beauté ce soir, je vais prendre le

temps de me pomponner, déclare-t-elle en faisant bouffer ses boucles. Je vais me faire un gommage, mettre du vernis à ongles, tester différents maquillages et des nouveaux parfums !

Les trois amies restent toute la journée à la maison. Pourtant les heures s'écoulent très vite. Quand Cécile Roy rentre en fin d'après-midi avec quelques courses, les robes retouchées ne sont toujours pas arrivées !

— On devrait peut-être appeler Richard à son bureau ? suggère Bess.

Alice compose le numéro, mais une voix à l'autre bout du fil lui apprend que le couturier est déjà parti.

— Et Rosalind, elle est là ? s'enquiert la jeune fille.

— Un instant, s'il vous plaît.

Au bout d'une longue pause, la voix revient à l'appareil :

— Non, désolée. Elle n'est pas là non plus.

— Zut... je sens que je vais devoir remettre ma robe tachée ! déclare Marion quand son amie raccroche.

Mais, quelques minutes plus tard, quelqu'un sonne à l'interphone et leur annonce la livraison.

— Ouf ! Il était temps ! s'écrie Bess quand elle voit les robes dans leurs housses en plastique.

Les filles se précipitent dans la chambre pour se changer.

Mais, quand elles enfilent leurs tenues, elles s'aperçoivent que les fermetures Éclair résistent. Elles sont bloquées par des points très serrés.

Impossible d'entrer dans les vêtements !

chapitre 16

Rendez-vous nocturne

Horrifiées, les trois filles regardent les robes.

— Qu'est-ce qu'on va faire ? gémit Bess.

Alice demande aussitôt à sa tante si elle a une paire de petits ciseaux.

— Trois paires, ce serait encore mieux, ajoute Marion.

— Voilà tout ce que j'ai, répond Cécile Roy en sortant de minuscules ciseaux d'une boîte à couture et de grands ciseaux d'un tiroir de bureau. Mais faites attention avec cette grande paire, j'ai peur que vous ne fassiez un trou dans le tissu.

— Il nous reste très peu de temps, il faut qu'on prenne le risque... estime Alice.

Tandis que les cousines se mettent à l'ouvrage avec les petites lames, la détective glisse les lon-

gues sous les fils d'en haut qui bloquent la fermeture Éclair. Elle les coupe, point après point, jusqu'à la base métallique.

— Qui a pu nous jouer ce mauvais tour ? interroge Bess en se changeant rapidement. Pas Rosalind, quand même !

— C'est bien possible... répond Alice pensivement en se rappelant que la modéliste est en rapport avec la maison Millington.

Mais comme les retouches sont bien faites, elle en conclut que Bess doit avoir raison.

— En tout cas, quelqu'un voulait nous empêcher d'aller à la fête des Cristaux ce soir, conclut Marion en se donnant un coup de peigne.

— Mais cet inconnu ignorait qu'il tombait sur trois excellentes couturières ! ajoute Cécile Roy en riant.

Les filles paradent devant elle.

— Vous êtes magnifiques ! Passez une bonne soirée. Sans mission dangereuse, j'espère...

Sa voix exprime un léger doute.

— Tant qu'on reste ensemble, on ne risque rien, assure Alice.

— Ça veut dire que tu t'attends à des ennuis ?

— Pas du tout ! affirme la détective avec un clin d'œil. Salut !

En arrivant dans le hall de l'hôtel où se déroule la fête, les trois amies sont très impressionnées par les décorations. De délicats flocons de neige et des cristaux de glace pendent du plafond au-dessus d'un bouquet de branches de bouleau argentées. Sur les tables de la salle à manger, des miroirs reflètent les lustres du plafond eux aussi ornés de motifs hivernaux.

— C'est féerique, lance Alice en regardant les femmes vêtues de superbes robes du soir et les hommes en smoking.

— Voilà Richard Reese ! annonce Bess. Avec sa femme, je suppose.

Le styliste aperçoit les filles en même temps. Il s'approche et leur présente Sheila, son épouse.

— Elle est rentrée de Floride, où elle prenait des vacances ; rien que pour assister à cette fête ! déclare-t-il. Vous avez vu comme elle est bronzée ?

— Richard m'a beaucoup parlé de vous, affirme Sheila avec un sourire qui découvre des dents aussi brillantes que son fourreau blanc.

Mais avant qu'elle puisse continuer, une autre femme l'appelle. Le styliste reste seul avec les trois amies. Il les guide à travers la foule, s'arrêtant de temps en temps pour faire des présentations.

— Ces jolies demoiselles portent manifestement des habits « Reese », commente un homme élégant à l'abondante chevelure blanche. Qui sont ces mystérieuses jeunes filles, Richard ?

Mais ce dernier fait semblant de ne pas avoir entendu. Il rejoint deux autres invités qui se tiennent un peu plus loin. Le trio, cependant, reste en arrière pour parler à l'homme aux cheveux blancs.

— Je suis Arnaud Hans... annonce-t-il.

Arnaud Hans ! Le concurrent de Reese ! L'homme qui a reproduit ses robes dans le catalogue de Chalmers ! Pas étonnant que Richard l'ait ignoré !

Quand les jeunes filles se présentent enfin, Hans paraît reconnaître Alice.

— J'ai entendu parler de vous, mademoiselle Roy. Il paraît que vous menez une enquête pour Richard. Je veux que vous notiez bien ceci : je ne lui ai jamais rien volé. Il m'a injurié l'autre jour au téléphone, m'accusant de lui avoir pris certaines créations de printemps et de les avoir vendues à Chalmers. C'est faux et je peux le prouver. J'ai des doubles datés de tous mes croquis !

La détective admet que les deux créateurs ont pu avoir des idées de robes similaires.

— D'ailleurs, je suis persuadé que Millington ne lui a pas volé de modèles non plus, poursuit Arnaud Hans. D'autres personnes ont eu la même inspiration que lui, *avant lui*, et c'est ça qui le rend furieux. C'est tout. Il est vexé parce qu'il sait que son talent décline.

— Pas du tout ! proteste vivement Bess. La robe que je porte est magnifique !

— D'accord, plutôt pas mal, mais c'est ce qui se faisait l'année dernière, réplique l'homme avec mépris.

La conversation se termine abruptement, Alice entraînant ses amies plus loin.

— On va où ? s'informe Marion.

— Voir Russell Kaiser.

— Il est ici ? s'étonnent les cousines.

— Pas le vrai... chuchote leur amie. L'imposteur !

— Ah... fait Bess. Pete Grover ! Le complice de Ted Henry ! Attention, le voilà !

Apercevant les trois filles, l'homme les salue avec chaleur.

— Ça alors ! s'écrie-t-il. Je ne pensais pas vous croiser ici !

— On a appris que vous vous étiez fait cambrioler, dit Marion.

— Quoi ? Un cambriolage ? bredouille l'autre.

— Oui, celui de votre appartement, explique Bess. Ça faisait les titres des journaux : Russell Kaiser s'est fait cambrioler, ajoute-t-elle malicieusement.

— Ah oui... euh... bien sûr, ce cambriolage-là !

Pete Grover rit nerveusement.

— Mais parlons de choses plus gaies. En fait, j'avais l'intention de vous appeler, Alice. Au sujet de l'individu qui a acheté le médaillon de mon oncle chez Speers.

— Vous avez des renseignements sur lui ?

— Non, mais je me demandais si vous en aviez, vous.

— Je ne l'ai plus revu depuis ce soir-là, mais je crois savoir où le trouver.

— Ah oui ? Tant mieux ! J'espère que vous allez m'en dire plus à ce sujet. Mais d'abord il faut que je parle à mon ami Bob, là-bas. Ça fait un moment que je le cherche. Je reviens tout de suite.

Grover tourne les talons et disparaît rapidement dans la foule. Les filles sont persuadées que son ami n'est qu'un prétexte et qu'il essaiera de les éviter pendant le reste de la soirée.

Un peu plus tard, Alice l'aperçoit derrière une vitre. Il discute avec un homme en smoking.

« Je me demande avec qui il parle... »

La détective s'éloigne de ses amies pour voir le visage de l'interlocuteur du faux Russell Kaiser, mais elle est arrêtée par le bras couvert de bracelets de Sheila Reese.

— Où courez-vous donc ? demande la femme du couturier. Venez ici, j'aimerais vous présenter à quelques amis.

Pour ne pas se montrer impolie, Alice la suit à une table où son mari et un autre couple sont installés. Elle tourne la tête vers Bess et Marion.

Heureusement, les cousines ont compris ce qui se passe et, d'un signe de tête, promettent de filer Grover à sa place. Peu après, cependant, elles viennent rejoindre le groupe à la table.

— On l'a perdu, chuchote Marion en s'asseyant.

— Tant pis, répond la détective.

Juste à cet instant, elle renverse un verre d'eau d'un coup de coude maladroit.

— Oh ! s'exclame-t-elle en se dépêchant de redresser le verre, mais de l'eau est tombée sur ses genoux. Excusez-moi une minute.

Tandis que Richard Reese regarde avec tristesse les taches sur sa précieuse robe, Alice se lève pour se rendre aux toilettes. Quand elle en ressort, elle ne regagne pas tout de suite la table. En fait, elle parcourt toute la salle. Finalement, elle repère de nouveau Pete Grover et son interlocuteur. Bien qu'ils aient le dos tourné, elle voit nettement leurs visages reflétés dans un grand miroir accroché au mur. Pas de doute : l'autre homme, c'est Ted Henry, alias Chris Chavez ! Les deux complices consultent leur montre comme s'ils attendaient quelque chose d'important.

La détective s'approche d'eux sans se faire remarquer et tente de surprendre leur conversation malgré le brouhaha des voix dans la pièce. Elle n'entend presque rien, sauf les mots « Gramercy

Park » et « onze ». Ce chiffre indique-t-il une adresse ou une heure ?

Elle ne peut recueillir aucun autre renseignement car les deux hommes se dirigent vers la piste de danse. Alice se dépêche de retourner à la table de Richard Reese, mais elle la trouve vide. Promenant son regard sur les danseurs, elle ne voit pas ses amies.

« Je me demande où elles sont passées... »

Elle voudrait bien raconter ce qu'elle vient d'apprendre à Bess et à Marion. Mais les cousines semblent avoir disparu. La détective regarde sa montre.

« Dans moins de vingt minutes, il sera onze heures... songe-t-elle. Peut-être l'heure où je pourrai éclaircir l'énigme des modèles volés ! »

Sa décision est prise. Elle file au vestiaire chercher son manteau et confie à l'hôtesse un message détaillé pour ses amies. Puis elle se précipite dans la rue et hèle un taxi.

Alors qu'elle approche de Gramercy Park, Alice constate avec soulagement que la neige tombée un peu plus tôt a entièrement fondu, ne laissant qu'un peu d'humidité sur les trottoirs. Elle demande au chauffeur de l'arrêter quelques portes avant le numéro onze, puis elle se poste sur le trottoir opposé.

Là, à la lueur de la lune et d'un lampadaire, elle fixe son regard sur le bâtiment onze. À la fenêtre du deuxième étage, elle remarque une silhouette qui se découpe à contre-jour. Celle-ci disparaît, puis reparaît sur le seuil de la porte d'entrée.

C'est Rosalind, la modéliste de Reese !

chapitre 17

Attention, Alice !

Transpercée par le vent glacial, Alice observe la femme debout devant l'entrée. Manifestement, elle attend quelqu'un. Un taxi s'arrête devant le numéro onze et M. Belini, le marchand de tissus, en descend.

Au même moment, Alice remarque une camionnette garée un peu plus bas dans la rue. Le véhicule roule doucement vers l'immeuble. Mais les lampadaires n'éclairent pas suffisamment pour que la détective puisse distinguer le conducteur et la personne assise à côté de lui.

Alice relève le col de son manteau et file vers le coin de rue le plus proche. Puis elle s'approche de l'arrière de la camionnette tandis que Belini entre et ressort de l'immeuble. Le cœur battant, elle se jette dans l'ombre d'un bâtiment voisin.

Rosalind semble avoir disparu, mais Belini court à l'arrière du fourgon. Il ouvre une des portières, révélant un présentoir à vêtements plein de robes recouvertes d'une housse en plastique.

« Si seulement je pouvais les examiner de plus près ! » pense la détective.

Le marchand de tissus se penche à l'intérieur du véhicule et passe sa main dans les habits comme s'il les comptait. Il secoue la tête et se précipite une fois de plus dans la maison, laissant la portière du véhicule ouverte.

Aussitôt Alice bondit en avant et, saisissant une des enveloppes de plastique, la tire vers la lumière.

« C'est bien ce que je pensais ! se dit-elle. C'est l'une des robes qui ont été volées le soir du gala de charité ! »

Mais avant qu'elle ait le temps d'inspecter le reste, la porte de l'immeuble se rouvre et elle entend la voix de Belini. Effrayée, elle grimpe dans la camionnette.

Belini se dirige vers le véhicule, puis s'arrête pour parler au conducteur. Cette brève conversation donne le temps à Alice de se cacher derrière une tringle à vêtements. Elle constate avec soulagement qu'il y a une cloison entre l'avant et l'arrière du fourgon. Du coup, personne ne peut la voir, à moins de déplacer les robes.

Mais elle a très peu d'air et tous ces vêtements autour d'elle créent une chaleur presque suffocante.

« Je n'aurais peut-être pas dû monter dans la camionnette après tout », songe la jeune fille.

Mais elle n'a pas le temps de revenir sur sa décision et de descendre : les roues du véhicule se mettent en mouvement ! La voilà prisonnière !

Entre-temps, Marion et Bess ont fait la connaissance de deux garçons, Woody Haskins et Frank Vanderveer. Tous deux semblent avoir une vingtaine d'années. Leurs parents travaillent dans la mode. Ils ont vécu à New York toute leur vie.

— Et vous, vous êtes d'où ? s'enquiert Frank.

— De River City. On est venues visiter New York avec notre amie Alice Roy, répond Marion.

— Ah oui, la célèbre détective amateur, dit Woody en passant la main sur ses tempes rousses.

— Tu résous des énigmes, toi aussi ? demande Frank à Bess.

Il est grand et paraît réservé. Comme il ressemble un peu à son petit ami Bob Eddleton, la jeune fille se sent tout de suite en confiance avec lui.

— Bien sûr ! répond-elle gaiement. Avec Alice et ma cousine.

Le rythme de la musique s'accélère et le petit groupe s'élance sur la piste de danse. Ensuite, les garçons conduisent leurs nouvelles compagnes au buffet pour déguster quelques petits sandwichs. Quand elles retournent à leur table, Bess et Marion s'aperçoivent soudain qu'Alice n'est pas encore revenue.

Vaguement inquiètes, elles se demandent ce qui est arrivé à leur amie. Bess pousse Marion du coude.

— On s'est tellement bien amusées qu'on a oublié Alice ! chuchote-t-elle. Où est-ce qu'elle a pu aller ?

— Aucune idée. Mais je pense qu'on devrait la chercher.

Les cousines s'excusent et commencent à s'éloigner, mais aucun des deux garçons ne veut les laisser s'échapper si vite. La musique a repris. Frank et Woody courent après Bess et Marion, et les supplient de rester encore un peu.

— Mais on doit partir ! proteste Bess alors que Woody essaie de la ramener sur la piste.

— Pourquoi ? Vous vous changez en citrouilles à onze heures ?

Il rit et Bess ne peut s'empêcher de sourire aussi.

— Non, mais on ne peut pas rester, assure-t-elle en s'approchant de sa cousine qui regarde son cavalier d'un air frustré.

— Vous êtes venues ici pour vous amuser, non ? plaide Frank. Alors pourquoi rentrer si tôt chez vous ?

— On ne rentre pas chez nous... lâche Marion. On doit faire une enquête !

— Ce soir ? s'écrient les garçons en chœur. On vous accompagne !

— Oh non ! proteste Bess. C'est gentil de proposer, mais...

— C'est d'accord alors, l'interrompt Frank. Alors, qu'est-ce qu'on cherche exactement ?

— Notre amie Alice, répond Marion.

— Elle ressemble à quoi ? Si vous nous donnez une description précise, on pourra faire nos investigations chacun de notre côté. Ensuite, on se retrouvera tous à votre table.

Bess et Marion sont bien contentes d'avoir de l'aide. Mais quand elles rejoignent leurs nouveaux amis un quart d'heure plus tard, aucun d'eux n'a aperçu la détective.

— Elle a peut-être quitté la fête... avance Woody.

— Allons voir si son manteau est encore au vestiaire, propose Marion.

Quand les cousines questionnent l'hôtesse, celle-ci leur remet le message d'Alice.

— Vite, il faut aller tout de suite là-bas, presse Frank. Va chercher un taxi, Woody.

Dans la voiture, Bess chuchote à Marion :

— Je suis bien contente qu'on ait deux types costauds avec nous !

Quand elles descendent du taxi à Gramercy Park, presque tous les immeubles sont éteints et le numéro onze paraît vide.

— Alice a peut-être renoncé à son projet et elle est rentrée se coucher, suggère Frank.

— Renoncer ? Alice ? Jamais ! affirme Bess.

Quittant un instant leurs compagnons, Marion et elle se dirigent vers une grille en fer qui entoure le parc. Elles croient avoir entendu quelqu'un pleurer. Mais, en s'approchant, elles découvrent un chiot qui gémit.

— Où est passée Alice ? se lamente Bess.

Les cousines longent la clôture, scrutant les ténèbres. Leur amie a-t-elle été enlevée et emmenée dans un coin perdu de la ville ?

Alors qu'elles reviennent vers leurs amis, qui sont restés près de l'entrée du numéro onze, les filles voient briller quelque chose sur la route.

C'est une des boucles d'oreilles d'Alice !

— Elle est écrasée...

— Une voiture a dû rouler dessus.

Alors qu'elle parle, une fenêtre s'ouvre au-dessus d'eux et une femme interpelle le petit groupe. Les cousines lèvent la tête pour voir, mais l'inconnue recule en même temps que l'air glacial pénètre dans la pièce.

— La personne que vous cherchez est ici ! crie-t-elle.

— C'est vous, Rosalind ? demande Marion qui a cru reconnaître la voix de la modéliste.

Mais, au lieu d'une réponse, elle n'entend que le bruit d'une toux rauque.

— On monte ? s'enquiert Bess, hésitante.

— Qu'est-ce qu'on risque ? dit Woody.

— On est avec vous, après tout, ajoute son ami.

Les filles, pendant une seconde, se demandent si l'invitation n'est pas une ruse pour les capturer. Si Alice est retenue prisonnière dans cet immeuble, elles tomberont peut-être dans le même piège !

— Venez, presse Woody en marchant en tête dans le couloir mal éclairé. Il faut qu'on retrouve Alice !

Bess, Marion et Frank le suivent. Le bruit de leurs pas dans l'escalier se répercute dans l'immeuble silencieux. Quand Woody frappe du poing contre la porte, les cousines frissonnent. Un bruit de pas lents se fait entendre de l'autre côté. Qui va leur ouvrir ?

chapitre 18

Complices inattendus

La porte s'ouvre brusquement, mais on ne voit personne dans la pièce à peine meublée. Bess et Marion entrent.

— Alice ? appellent-elles.

— On s'est peut-être trompées d'appar... commence Marion.

Soudain, elle et Bess sont agrippées par-derrière et entraînées vers le mur opposé. Une main sur leurs yeux les empêche de distinguer les visages de leurs agresseurs.

— Au secours ! hurlent les cousines alors qu'on les pousse dans un placard.

L'instant d'après, une clé tourne dans la serrure.

— À mon avis, ils ont aussi maîtrisé Frank et Woody, chuchote Marion en pressant son oreille contre la porte. Je n'entends aucun bruit.

Bess, à son tour, écoute attentivement, mais la chambre paraît vide. Les ravisseurs ont-ils emmené les deux jeunes hommes, abandonnant les filles dans leur étouffante prison ?

— Je crois que je vais m'évanouir, murmure Bess en chancelant.

— C'est pas le moment de tomber dans les pommes ! prévient sa cousine.

Elle s'apprête à se jeter de toutes ses forces contre la porte quand des bruits de pas retentissent.

Leurs agresseurs reviennent-ils ?

Les prisonnières se figent. Un frisson leur parcourt le dos. Marion se penche vers le trou de la serrure. Elle n'a qu'une vue partielle de la chambre, mais elle peut tout de même identifier les deux personnes qui s'y trouvent.

— Woody et Frank ! s'exclame-t-elle d'une voix étouffée.

Sa cousine reste figée. Elle n'arrive pas à le croire. Les garçon les ont-ils dupées ? Ont-ils usé de leur charme pour les capturer ?

— Qu'est-ce que tu vois ? chuchote Bess.

— Chut ! fait l'autre en pressant son oreille contre le trou.

Woody et Frank discutent à voix basse.

— Il n'y a qu'à les garder ici jusqu'à ce qu'on soit débarrassés de la troisième, dit le premier.

— Elle est où ? questionne son complice.

— Dans la fourgonnette. Elle a dû la trouver

garée devant l'immeuble et grimper dedans. Ils l'ont découverte cachée derrière les robes.

Bess tapote l'épaule de Marion, la suppliant de lui répéter ce qu'elle vient d'entendre. Mais sa cousine secoue la tête : elle ne veut pas perdre une miette de la conversation.

— Rosy veut qu'on la retrouve d'ici une heure à l'embarcadère, reprend Frank.

À ce moment-là, il prend un cigare et froisse l'emballage – ce qui rend le reste de ses paroles inaudible.

Pour Marion, il n'y a aucun doute : « la troisième », c'est Alice et Rosy, c'est Rosalind, la modéliste de la maison Reese. Apparemment, cette femme s'est réconciliée avec le styliste uniquement pour avoir accès à sa production !

Il y a un silence : Frank s'approche du placard. La fumée âcre du cigare filtre à travers le trou de la serrure.

— Toujours en vie, là-dedans ? demande-t-il d'un ton sarcastique. Désolé d'avoir dû vous boucler, les filles !

Les cousines ne répondent pas. Bess est tellement déçue de la tromperie des garçons qu'elle est au bord des larmes, mais Marion lui serre le bras pour la forcer à écouter.

Pourtant, les deux malfrats ne font plus qu'une autre vague allusion au dernier embarcadère sur les quais, à l'ouest de la ville.

— Pourquoi on n'y va pas maintenant ? reprend Woody. Ces deux-là ne risquent pas de s'échapper.

— Ils partent ! murmure Marion.

Elle attend un instant, puis, quand elle est sûre que les deux jeunes hommes ont quitté l'appartement, elle se rue de tout son poids contre la porte, espérant faire sauter la serrure. Mais celle-ci résiste et la douleur aiguë qui traverse son épaule l'oblige à s'arrêter.

— Laisse-moi essayer, intervient Bess.

Résolue, elle bondit en avant, frappant le panneau avec violence. La porte ne s'ouvre pas, mais les vis de la serrure commencent à céder.

— Je savais bien que mes kilos en trop serviraient un jour à quelque chose... ironise la blonde.

De nouveau, elle se jette contre le bois. Cette fois, les gorges de la serrure sautent.

— Tu es géniale ! lance Marion à sa cousine alors que toutes deux dévalent l'escalier et se précipitent dehors, dans l'air froid et humide.

Elles courent vers un coin de rue et hèlent un taxi.

— Où est-ce que je vous emmène ? questionne le chauffeur.

— Au dernier embarcadère des quais de l'ouest, ordonne Marion.

— Hein ? Vous ne croyez pas qu'il est un peu tard pour se baigner ?

Les cousines ne sont pas d'humeur à plaisanter mais elles continuent à écouter poliment le conducteur.

— Il n'y a plus de bateaux non plus à cette heure-ci ! poursuit-il. Je vous conseille de rentrer chez vous, mesdemoiselles.

— Je ne demanderais pas mieux... murmure Bess tandis qu'une bise glaciale s'infiltre par la vitre légèrement baissée.

— Estime-toi heureuse d'être sortie de ce placard, lui glisse Marion.

— Oui, mais on n'est pas sorties de l'auberge ! rétorque sa cousine.

Entre-temps, le chauffeur a contourné le parc et traverse la ville. Il roule lentement – ce qui permet à ses passagères d'établir un plan de bataille.

— Et si l'une de nous se fait attraper ? demande Bess.

— Par Frank ou Woody ?

— Ou par n'importe qui d'autre...

Alors celle qui reste saute dans ce taxi et se rend au commissariat le plus proche.

– C'est peut-être ce qu'on devrait faire tout de suite, non ?

— J'y ai pensé, mais on n'a aucune preuve. Les policiers nous prendraient sûrement pour deux pauvres cinglées.

— Tu crois ? fait Bess en baissant les yeux sur la robe de taffetas qui dépasse de son manteau. Moi, je trouve qu'on a plutôt l'air très chic !

— Peut-être, mais New York, c'est pas River City où tout le monde nous connaît, y compris le commissaire !

— Il fait noir comme dans un four ! s'écrie-t-elle alors que le taxi prend la direction de la rivière Hudson.

— Vous voulez vraiment que je vous dépose à cet embarcadère ? questionne à nouveau le chauffeur.

— En fait, on aimerait que vous nous attendiez, répond Marion.

— Combien de temps ?

— Ça dépend.

— De quoi ?

— Eh bien, de ce qu'on trouvera.

— Hum... Et vous cherchez quoi, exactement ?

— On cherche une amie, explique Bess. Elle a été enlevée et on pense qu'elle a été emmenée à cet embarcadère.

L'homme la scrute un moment du regard.

— Et vous, vous allez jouer les justicières et la libérer, hein ? Vous feriez mieux d'alerter les flics !

— Ils ne nous croiront pas, confie Marion timidement.

— Possible. Moi non plus, je ne vous crois pas.

Marion et Bess ne répondent pas. De nouveau, le regard du chauffeur quitte la route pour se fixer une seconde sur elles.

— D'où êtes-vous ?

— De River City.

— Vous venez d'arriver ?

— Non. On était à la fête des Cristaux de Glace et c'est là que notre amie a disparu, explique Bess.

Marmonnant entre ses dents, le chauffeur s'approche de l'entrepôt situé sur le dernier embarcadère. L'endroit est sinistre. Des morceaux de glace flottent à la surface de la rivière et frappent contre le quai. Il n'y a pas d'autre lumière que celle de la lune embrumée.

— Je ne peux pas vous abandonner seules ici, déclare finalement le conducteur. Mais le compteur va continuer à tourner. Ça vous coûtera cher.

— Tant pis ! Merci d'accepter de rester ! lance Marion.

Entendant un bruit de moteur sur l'eau, Bess descend la vitre.

— Qui peut bien naviguer sur la rivière à cette heure de la nuit ? s'étonne-t-elle.

Le taxi se rapproche lentement.

— Ce bateau transporte peut-être des vêtements volés ! suggère Marion, tout excitée. Vous pourriez éteindre vos phares ?

— Voilà qu'on joue aux gendarmes et aux voleurs dans le noir maintenant ! grommelle l'homme, mais il obéit.

Pendant un moment, tous écoutent l'embarcation s'éloigner. Peu à peu, le « teuf-teuf » des machines se transforme en un faible bourdonnement.

— Parti ! fait Bess. Et on ne saura probablement jamais ce que ce bateau faisait ici. On devrait peut-être rentrer chez la tante d'Alice...

— Bonne idée, approuve le chauffeur en jetant un coup d'œil à son compteur. Je préférerais gagner de l'argent d'une autre façon !

Il presse légèrement l'accélérateur et rallume les phares. Alors qu'il tourne pour s'éloigner de l'entrepôt, les cousines aperçoivent une fourgonnette garée sur l'embarcadère, près d'une clôture en treillis métallique. Une voiture bleue stationne derrière elle.

— Oh ! Vous pouvez vous arrêter, monsieur ? supplie Marion.

— Près de la camionnette ?

— Juste avant.

Le chauffeur s'exécute et la jeune fille saute hors de la voiture. Laissant Bess attendre, elle court vers le véhicule.

« Je me demande si c'est celui dont parlaient Woody et Frank, se dit-elle, celui dans lequel leurs complices ont découvert Alice. »

Avec précaution, elle tourne la poignée de la portière arrière. Le battant s'ouvre. La gorge de Marion se serre : à la lueur des phares du taxi, elle aperçoit un vêtement noir jeté en tas sur le plancher de la fourgonnette. C'est le manteau d'Alice !

Elle fait signe à Bess, puis se dirige vers l'entrepôt. Une pancarte accrochée à la porte indique

« FERMÉ ». Un rai de lumière transparaît pourtant sous la porte.

Bess bondit hors du taxi et court rejoindre sa cousine.

— On doit appeler la police ! halète-t-elle.

— Pas le temps ! rétorque sa cousine. Suis-moi !

Les talons de Bess s'enfoncent dans une couche de gravier. Un frisson la parcourt.

— Si on entre, ils nous feront prisonnières ! prévient-elle.

chapitre 19

Au feu !

Au lieu d'écouter l'avertissement de sa cousine, Marion, d'un geste résolu, glisse la main sous le loquet, le soulève sans bruit et entrebâille la porte.

Elle regarde par la fente, puis se rejette en arrière avec un cri étouffé.

— Oh !

— Quoi ?

— Des centaines de vêtements ! Regarde !

Bess presse son visage contre la fente, puis marmonne :

— Je parie que c'est un entrepôt de marchandises volées.

— Ça en a tout l'air !

— Qu'est-ce qu'il faut faire ?

— Entrer ! Alice est peut-être là-dedans, ligotée !

— Mais les malfrats y sont aussi ! Les types de la fourgonnette et Frank et Woody, qui ont dû arriver dans cette voiture ! Peut-être même Rosalind...

— On n'a pas le choix. Cet entrepôt est immense. Si on fait très attention, ils ne s'apercevront même pas de notre présence.

Coupant court aux objections de Bess, Marion se faufile silencieusement par la porte.

Les cousines s'accroupissent derrière le présentoir le plus proche et tendent l'oreille. On n'entend aucun bruit. Au bout d'une minute, Marion fait signe à sa cousine de la suivre.

Sur la pointe des pieds, les filles se déplacent entre les penderies, cherchant anxieusement une trace d'Alice ou de leurs ennemis. Mais elles ne trouvent que des habits !

Soudain, Marion stoppe net.

— Regarde ! chuchote-t-elle en désignant un vêtement accroché sur un cintre, sans housse en plastique. C'est la robe qu'Alice portait ce soir, non ?

Remarquant des traces de maquillage sur le décolleté ivoire, Bess acquiesce de la tête.

— Oui, c'est...

Elle s'interrompt. Quelqu'un vient.

— Vite ! Là-bas ! lance Marion en désignant une pile de cartons, le long du mur.

Les cousines avancent furtivement en prenant

soin de ne pas faire claquer leurs talons sur le sol cimenté. Leur cœur bat de plus en plus vite. Soudain la voix de Frank s'élève :

— Hé, Woody ! Je crois qu'on n'est plus seuls ici !

Les filles entendent le son d'autres pas qui approchent, puis la voix de Woody qui répond :

— Tu as vu quelqu'un ?

— Non, mais j'ai entendu un bruit.

— Bon, toi tu vas fouiller un bout de la pièce, moi l'autre.

Bess et Marion ont atteint le tas de cartons et s'accroupissent derrière.

« Pourvu qu'ils ne bougent aucune de ces boîtes ! » pense Marion avec inquiétude. Un des hommes passe si près d'elle que Bess manque de pousser un cri, mais les pas s'éloignent.

— C'était sans doute un rat, conclut Woody. Viens, finissons de lister la marchandise qu'on vient de nous livrer. Je suis crevé, j'ai envie de rentrer me coucher.

Les garçons partent dans un autre coin de l'entrepôt. Les cousines s'extirpent lentement de leurs cachettes.

— Qu'est-ce qu'on fait ? demande Bess à voix basse. On ne peut pas rester ici. Ces types risquent de revenir d'un instant à l'autre.

Marion a repéré une porte à l'autre bout.

— Alice est peut-être là !

Elle examine l'étroit espace qui y mène. Entre le mur et les rangées d'habits, il y a une pile d'objets. Il y a juste assez de place pour qu'elle passe sans rien toucher. Mais Bess porte une jupe bouffante !

— Enlève ta jupe ! conseille-t-elle à sa cousine. Sinon, tu vas frôler plein de choses et ils vont nous entendre.

Promenant son regard sur l'alignement de boîtes, de miroirs et de rouleaux de papier, Bess comprend qu'elle n'a pas le choix.

Elle dégrafe sa jupe et la laisse glisser à terre. Puis avec précaution, elle rejoint sa cousine sur la pointe des pieds. Marion saisit la poignée et la tourne lentement.

À son grand soulagement, la porte s'ouvre sans difficulté. Les filles pénètrent dans une petite pièce sans fenêtre éclairée par une seule ampoule nue suspendue au plafond. Par terre, elles voient d'autres cartons et quelques penderies vides. Et, près d'une des grandes boîtes, Alice, vêtue d'une simple robe de coton ! Elle est ligotée et bâillonnée !

— Tu es là ! s'écrie Bess.

Elle s'agenouille aussitôt et entreprend de libérer son amie. Marion cherche une paire de ciseaux pour couper les liens de la détective quand, soudain, elle entend de nouveau un bruit de pas. On dirait ceux d'une femme et ils se rapprochent !

Elle fait signe à Bess de ne pas bouger, puis

elle se presse contre le mur et attend que la porte s'ouvre.

Les pas s'arrêtent devant le seuil comme si la personne hésitait à entrer. Enfin, elle se décide. C'est Rosalind !

Les cousines se ruent sur elle. Avant que la modéliste ait le temps de pousser un cri, Marion lui plaque une main sur la bouche. En même temps, elle referme la porte d'un coup de pied.

— Lâchez-moi ! parvient à articuler Rosalind.

— Pas question ! répond la jeune fille.

Bess prend un morceau de tissu dans l'une des boîtes et le fourre dans la bouche de la femme. Marion retire sa ceinture de soie et s'en sert pour attacher les poignets de la prisonnière. Puis elle force la modéliste à se coucher par terre.

Bess s'assied sur ses jambes pour l'immobiliser. Pendant ce temps, Marion s'attaque aux liens d'Alice qui ne sont pas complètement défaits. Tirant sur le gros nœud derrière la tête de son amie, elle se casse un ongle. Finalement, le bâillon tombe.

— Merci ! dit la détective d'une voix enrouée. Où sont passés les deux types qui m'ont emmenée ici ?

— Aucune idée. Mais nos deux ex-copains Woody et Frank sont leurs complices !

— Ex-copains ? demande Alice, confuse.

— Ils avaient l'air sympa... marmonne Marion. Et Woody était vraiment beau.

— Il est brun avec des traits fins ? interroge son amie, tout excitée. Et les tempes rousses ?

— Oui. Pourquoi ?

— Ça doit être lui le type que j'ai vu fouiner dans le salon d'essayage après le défilé ! Il est revenu après le vol des vêtements ! Il avait l'air d'avoir perdu quelque chose. Ces types, vous les avez rencontrés comment ?

— On t'expliquera plus tard, répond Bess. Maintenant, on ferait bien de filer !

Pendant ce temps, Rosalind donne des coups de pied pour essayer de dégager ses jambes de sous la jeune fille.

— Du calme ! lui ordonne cette dernière.

En réponse, la modéliste pousse un grognement de colère.

Maintenant, Alice est libre. Elle se lève péniblement et chancelle. Elle a encore les poignets et les chevilles tout endoloris.

— Tu peux marcher ? lui demande Marion, inquiète.

— Je pense que oui.

Soudain, les trois amies entendent les voix de leurs ravisseurs qui se rapprochent. Elles se figent. Alice jette un coup d'œil à Rosalind, pour s'assurer que son bâillon l'empêche d'appeler. Bess reconnaît le timbre de Frank.

— Où est passée Rosy ? Il faudrait qu'elle nous aide à compter ces marchandises, grommelle le jeune homme. On n'a pas beaucoup de temps : le bateau amarre à cinq heures du matin pour emporter les tissus.

— Tout à l'heure, elle est allée dans la petite pièce au fond de l'entrepôt pour vérifier qu'Alice ne s'était pas enfuie, répond Woody, de sa séduisante voix grave. Je me demande ce qui la retient. On devrait s'assurer qu'il n'y a pas de problème.

Les deux garçons s'approchent de la porte, mais soudain ils s'arrêtent net : des sirènes de la police retentissent dehors.

— Les flics ! hurle Frank. Fichons le camp !

— Rosy, tu es là ? crie Woody en direction de la pièce.

N'obtenant pas de réponse, il se retourne vers son complice.

— Elle a dû quitter l'entrepôt ! Il faut verrouiller cette porte ! Si les policiers trouvent la marchandise qu'on a entreposée dans ce cagibi, on sera arrêtés pour contrefaçon !

Il se précipite vers la porte et la ferme à clé.

Ensuite, il s'élance sur les traces de son compagnon.

À l'intérieur de la petite pièce, il y a un moment de silence, puis Bess observe :

— Je n'entends plus les sirènes. Pourtant les policiers ne sont pas entrés dans le bâtiment... Ils n'ont peut-être fait que passer ?

Marion hausse les épaules.

— C'est possible. Mais je vois un téléphone au mur, là-bas. Il faut appeler le commissariat.

Alice décroche aussitôt le combiné, mais la ligne reste muette. Traversée par un frisson de panique, la détective se rend compte qu'elle et ses amies sont enfermées dans un entrepôt désaffecté. On ne les trouvera peut-être pas avant des jours !

— Ça peut servir ? suggère Bess en lui tendant une paire de ciseaux.

S'aidant de l'instrument, son amie tente de forcer la serrure. En vain.

— Enfonçons la porte... propose-t-elle en essayant de garder son calme.

Avec Marion, elle se jette plusieurs fois contre le panneau de bois, mais celui-ci résiste. Finalement, les filles s'arrêtent, haletantes et meurtries.

— Qu'est-ce qu'on va faire ? gémit Bess.

— On devra sans doute attendre que quelqu'un nous trouve, répond Alice. Je...

Elle s'interrompt pour renifler. De la fumée filtre à travers la porte.

— L'entrepôt brûle ! s'écrie la détective.

chapitre 20

Dernier coup de théâtre

Rosalind émet des grognements à travers son bâillon, essayant d'indiquer un endroit au mur où plusieurs tenues de soirée pendent à un crochet. Alice décroche les vêtements. Une clé se trouve dessous !

D'une main tremblante, la détective l'insère dans la serrure. À son grand soulagement, la porte s'ouvre.

Aussitôt, les filles aident la modéliste à se lever, défont son bâillon et la tirent dehors. L'incendie a déjà bien progressé. Il fait une chaleur étouffante dans l'entrepôt désert. Léchant les rangées d'habits, les flammes se répandent très vite et commencent à bloquer la sortie.

— Attrapez chacune un bout de tissu et mettez-le sur votre bouche ! crie Alice.

Elle s'approche de Rosalind et lui retire son bâillon. Puis elle lui tend un morceau de textile.

— Vous aussi, dit-elle.

La tête baissée, les amies avancent courageusement. Seule la modéliste laisse la chaleur de l'incendie la mordre au visage et la fumée pénétrer dans sa gorge.

Le feu, maintenant, a atteint la porte. Impossible de la franchir sans se brûler. Des yeux, Alice cherche une autre issue, mais elle n'en voit aucune !

Vont-elles toutes mourir dans le brasier ?

Alors que cette pensée terrifiante traverse leur esprit, une trombe d'eau passe par la porte, puis une autre, et encore une autre !

Pour ne pas être repoussées vers les flammes crépitantes, les filles se mettent rapidement hors de portée du déluge.

— Ça va ? demande Alice à Rosalind dont les yeux sont rouges et larmoyants.

La femme rejette de la fumée par la bouche, tousse et fait un signe de tête affirmatif.

Puis un homme en uniforme apparaît à la porte et leur ordonne de sortir. Dès qu'elle est dehors, Bess se précipite vers le camion de pompiers.

— Vite ! Donnez-moi quelque chose pour me couvrir ! J'ai dû laisser ma jupe dans l'entrepôt !

Un homme lui tend un grand morceau de tissu argenté.

— Prenez ça ! C'est une couverture de survie.

D'habitude, on s'en sert pour protéger les victimes du froid ou de la chaleur... mais je peux faire une exception pour vous !

La jeune fille s'enveloppe dans la couverture, l'air très embarrassé.

Malgré ses yeux qui la piquent, la détective distingue clairement Ted Henry debout près d'une voiture de police et Pete Grover conversant avec des policiers. Ceux-ci ont passé des menottes à Woody et Frank ainsi qu'à deux autres hommes qui tournent le dos à Alice.

Quand cette dernière s'avance vers les inconnus, elle s'écrie :

— Tannen ! Et Belini !

L'ex-directeur de Millington et le propriétaire du magasin de confection sont encadrés par quatre policiers.

Ted Henry s'approche de la détective.

— Ces deux escrocs étaient complices, explique-t-il. Belini était le fournisseur de Richard Reese. D'après les croquis des nouveaux modèles, il lui procurait les boutons, les tissus, les fils, les aiguilles, bref tout le matériel dont il avait besoin pour ses créations. Et, en même temps, il dévoilait les croquis à Tannen qui s'empressait de les reproduire chez Millington.

— Merci pour ces explications, monsieur Henry... enfin, je devrais peut-être vous appeler Chris Chavez ? répond Alice avec un sourire ironique.

— Vous saviez, alors ?

— Évidemment ! Je dois admettre que je n'ai pas compris votre stratagème tout de suite, mais après avoir rencontré, par hasard, le vrai Chris Chavez et entendu votre conversation avec Belini, j'ai tout compris.

— Oui, c'est vrai... reconnaît le reporter. J'enquêtais moi aussi sur le vol de modèles de Reese. Le *New York Times* m'avait chargé d'écrire un article exclusif. Il fallait que je sois le premier à révéler la vérité sur ce scandale. C'est pourquoi je vous ai lancée sur la fausse piste du médaillon Kaiser.

— J'ai fini par me rendre compte que cette histoire de médaillon était un prétexte pour m'écarter de l'affaire Reese, et que vous l'aviez montée de toutes pièces. Mes amies ont découvert dans le fichier de la police que le soi-disant « vrai » Russell Kaiser s'appelait Pete Grover – et que celui-ci était votre ami !

En prononçant ses mots, elle tourne la tête vers Grover.

— Je lui ressemble, hein ? demande-t-il en souriant.

— Quoi ? Vous n'êtes pas Pete Grover ?

— Allons, Alice, intervient Ted Henry. Vous pensiez vraiment que j'étais associé à un malfrat, recherché en Californie pour falsification de pièces d'identité ?

La détective reste silencieuse.

— Pete, c'est mon cousin, reprend le compagnon de Ted. Moi, je suis Alan Grover et je travaille dans l'industrie du vêtement. C'est pour ça que Ted voulait que je l'aide : il avait besoin de quelqu'un qui connaissait les dessous du métier.

— Oh, excusez-moi !

— Il n'y a pas de mal, répond Grover en souriant. Pour une jolie fille comme vous, je n'hésiterais pas à devenir voleur !

— En tout cas, vous nous avez bien eues, à la salle des ventes Speers ! Vous saviez tellement de choses sur ce médaillon et la famille Kaiser ! Comment avez-vous obtenu tous ces renseignements ? se hâte de demander Alice pour cacher son embarras.

— Simple comme bonjour ! J'ai lu l'annonce dans le journal le jour où Galen Kaiser est mort. Puis quand le vrai Russell Kaiser a commencé à faire des offres pour le médaillon qui avait appartenu à son oncle, j'ai fait monter les enchères pour attirer votre attention. Je me suis dit que, s'il tenait vraiment à acheter ce bijou, je ne risquerais pas grand-chose en rivalisant avec lui.

La détective a un petit rire.

— Avec ce même raisonnement, j'ai failli perdre plusieurs centaines de dollars ! confie-t-elle.

Marion et Bess, qui viennent d'expliquer aux policiers comment elles ont capturé Rosalind, rejoignent le groupe.

— Ce n'était pas très sympa de votre part de nous envoyer faire une enquête bidon ! lance Marion à Ted Henry.

Gêné, le journaliste hoche plusieurs fois la tête.

— C'est vrai, admet-il, et je suis désolé. Sans vous, je n'aurais peut-être jamais pu faire ce reportage.

La détective sourit modestement.

— En fait, quand j'ai su que vous vous étiez rendue au bureau de Millington, j'ai commencé à entrevoir une piste, poursuit Ted.

— Moi aussi, cette visite m'a été très utile. J'ai trouvé étrange que Rosalind soit allée y travailler après son renvoi de chez Reese.

— Elle avait peur de vous. Elle craignait que vous ne découvriez le trafic auquel elle se livrait...

— ... avec Woody et Frank, complète la détective. Je suppose qu'ils utilisaient cet entrepôt comme cachette pour des vêtements – presque tous fabriqués en contrebande – qu'ils revendaient ensuite à des magasins comme Millington.

— Alice ! Vous êtes vraiment étonnante ! s'écrie Ted, admiratif. Vous avez trouvé d'autres indices ?

— Oui, j'ai entendu le bruit d'un bateau quand j'étais à l'intérieur de l'entrepôt. Je parie que les deux gars qui m'ont ligotée dans le cagibi sont partis avec.

— Mais oui ! On a aperçu cette vedette, intervient Bess. Elle s'est éloignée de l'embarcadère et a descendu la rivière.

Alice lui conseille d'en informer les policiers. Ted Henry approuve de la tête.

— Je dois vous féliciter, Alice, dit-il. Vous avez résolu cette énigme ! Moi, je n'avais pas assez d'indices... mon enquête piétinait...

— Il reste encore plusieurs points obscurs à éclaircir, nuance la jeune fille en se dirigeant vers Belini et Tannen qu'on s'apprête à embarquer dans les voitures de police.

À cet instant, elle voit un homme descendre d'un taxi qui stationne, tous feux éteints, à quelques mètres de là.

— Mon compteur tourne toujours, lance-t-il, mais personne ne m'a encore remercié !

— Vous remercier de quoi ? s'informe la jeune fille.

— D'avoir appelé la police ! Vos amies sont restées dans ce bâtiment un peu trop longtemps à mon goût. Comme j'avais peur d'y aller moi-même, j'ai appelé mon entreprise par radio et quelqu'un a envoyé les flics. Heureusement ! Les policiers sont arrivés juste au moment où ces types mettaient le feu à l'entrepôt...

— Vous nous avez sauvé la vie, assure Alice en lui adressant un grand sourire.

Puis elle se tourne vers Rosalind qui est assise à l'arrière de la voiture de police, près de Belini.

— Vous avez vendu des dessins de Reese à Chalmers ? interroge-t-elle.

La modéliste baisse la tête et murmure :

— Oui. J'en voulais terriblement à Richard de m'avoir renvoyée sur un coup de tête. Alors j'ai emporté ces croquis et je les ai marchandés auprès d'Arnaud Hans. Ces deux stylistes sont des rivaux de longue date, je savais que Hans serait prêt à me donner beaucoup d'argent pour acheter ces dessins !

Alice n'a pas le temps de répondre. Un policier s'approche d'elle et lui demande de s'écarter du véhicule.

Les voitures de police démarrent. Ted Henry se tourne vers la détective.

— Je peux vous ramener chez vous, vous et vos amies ?

Bess et Marion acceptent avec reconnaissance. Alice se met à rire.

— C'est encore un moyen de vous débarrasser de nous ?

— Quoi ? Vous n'avez pas confiance en moi ? réplique le reporter en souriant. Au contraire ! J'ai prévu d'ajouter vos trois signatures à la mienne en bas de l'article du *New York Times* !

Avant de quitter les quais, Bess et Marion proposent au chauffeur de taxi de lui payer le montant indiqué sur son compteur, mais l'homme refuse.

— Je vous offre cette course, jeunes filles, dit-il. Je suis trop heureux que vous vous en soyez tirées ! Tenez, voici ma carte au cas où vous auriez besoin de moi un autre jour.

Marion rit.

— Ça ne sera pas pour une virée comme celle d'aujourd'hui, promis ! s'écrie-t-elle en courant vers la voiture de Ted.

À l'arrivée des filles, Cécile Roy est profondément endormie. Aussi, le trio doit attendre le lendemain matin avant de pouvoir lui raconter l'incroyable soirée sur les quais.

— Oh, mais c'est affreux ! s'écrie-t-elle en entendant le récit des événements. Ton père ne me pardonnera jamais de t'avoir embarquée dans cette histoire, Alice !

— Je ferais bien de l'appeler, dit la jeune détective en riant. Il vaut mieux qu'il apprenne tout ça de ma bouche que par les journaux !

Mais avant qu'elle ait le temps de composer le numéro, le commissaire lui téléphone pour l'informer qu'on a capturé les hommes du bateau.

— Cette affaire est close, annonce-t-il. Vous avez fait un magnifique travail, mademoiselle. Votre père doit être fier de vous !

— Il n'est au courant de rien. J'allais justement l'appeler.

James Roy écoute avec étonnement le récit des aventures de sa fille. Quand Alice se tait, il dit :

— Tu devrais acheter les journaux, ma chérie. Le nom de Kaiser y figure justement aujourd'hui.

— Russell Kaiser ? interroge Alice, surprise.

Quand son père a raccroché, la jeune fille demande à sa tante le journal du matin. Elle le parcourt et ne tarde pas à trouver un article intitulé : KAISER SE TAILLE LA PART DU LION ! Tout excitée, elle le lit à voix haute :

« *Au cours d'une enchère à l'hôtel des ventes Speers, M. Russell Kaiser a acquis un médaillon extraordinaire. Il provenait de l'héritage d'un oncle de M. Russell Kaiser – Galen Kaiser – et portait le blason familial : un lion.*

En apparence, le bijou avait peu de valeur. Cependant, Russell Kaiser, qui se trouvait à l'étranger quand l'héritage fut remis à la salle des ventes, se rappelait une histoire que son oncle lui avait racontée un jour à son sujet.

Durant ses voyages à travers le monde, Galen Kaiser avait acheté une magnifique opale noire. Plus tard, on lui dit que ces pierres étaient censées porter malheur. Étant un homme superstitieux, il cacha l'opale et ne la regarda plus jamais. Lorsqu'il mourut sans avoir fait de testament, aucun membre de sa famille ne retrouva la pierre précieuse. »

— Parce qu'elle était dans le médaillon ! interrompt Cécile Roy.

— Exact, confirme Alice. « *Ce n'est que lorsque son neveu se rendit à la salle des ventes*

Speers, et qu'il vit le bijou – muni à l'arrière d'un petit fermoir cubique – qu'il comprit que l'opale était dissimulée à l'intérieur. »

— Pas étonnant qu'il ait continué à enchérir ! commente Marion. Il savait que le médaillon avait une valeur immense !

— Et dire qu'Alice a failli l'avoir ! fait Bess en donnant un coup de coude à son amie.

— Pas de regrets ! assure la détective en souriant. On ne pouvait pas se permettre le moindre faux pas pour arriver à résoudre notre énigme !

Quand Richard Reese entend toute l'histoire plus tard, il félicite Alice et ses amies.

— Toute cette affaire m'a donné des idées pour ma prochaine collection, annonce-t-il, surexcité. Je créerai des tenues spécialement adaptées aux jeunes détectives comme vous ! Le modèle principal sera un ensemble de soie noire, léger et près du corps, permettant de se faufiler n'importe où, tout en restant incognito... Et j'appellerai ce modèle « Alice Roy » !

Quelles autres énigmes
Alice
doit-elle résoudre ?
Pour le savoir, regarde la page suivante !

Les as-tu tous lus ?

1. *Alice*
et le chandelier

2. *Alice*
et les faux-monnayeurs

3. *Alice*
au manoir hanté

4. *Alice*
et les diamants

5. *Alice*
au ranch

6. *Alice*
et la pantoufle d'hermine

7. *Alice*
au bal masqué

8. *Alice*
et le violon tzigane

10. *Alice*
et le carnet vert

Retrouve toutes les enquêtes de la célèbre détective dans les volumes précédents !

11. *Alice*
chercheuse d'or

12. *Alice*
et le médaillon d'or

13. *Alice*
écuyère

14. *Alice*
à Venise

15. *Alice*
et le cheval volé

Connecte-toi vite sur le site
de tes héros préférés :

www.bibliothèqueverte.com

- *Tout sur ta série préférée.*
- *De super concours tous les mois.*

Table

« Pour l'éditeur, le principe est d'utiliser des papiers composés de fibres naturelles, renouvelables, recyclables et fabriquées à partir de bois issus de forêts qui adoptent un système d'aménagement durable. En outre, l'éditeur attend de ses fournisseurs de papier qu'ils s'inscrivent dans une démarche de certification environnementale reconnue. »

Composition MCP – *Groupe Jouve* – 45770 Saran
N° 314554 A

Imprimé en France par Jean-Lamour - Groupe Qualibris
Dépôt légal : septembre 2009
20.07.1645.9/02 – ISBN 978-2-01-201645-3
Loi n°49-956 du 16 juillet 1949
sur les publications destinées à la jeunesse